全新譯校 經典新版世界名著 11

Накануне

前夜

〔俄〕屠格涅夫 著

劉淑梅 譯

經典新版　世界名著

閱讀經典名著確實是不一樣的宴饗。人們對於經典名著，不會只說「我讀過」，而是說「我又讀了」。事實上，我每次去讀它，都會讀出新的東西，新的精神。

——當代義大利名作家、後設小說大師卡爾維諾（Italo Calvino）

真正的光明，絕不是永遠沒有黑暗的時候，只是永不被黑暗掩沒罷了。真正的英雄，絕不是永遠沒有卑下的情欲，只是永不被卑下的情欲所征服罷了。閱讀經典名著，永遠可以使人自我昇華，不陷於猥瑣。

——法國名作家、諾貝爾文學獎得主羅曼羅蘭（Romain Rolland）

閱讀文學經典、世界名著，能夠滋潤現代人的心靈，使人對世事、愛情與人性重新有一番體悟。

——美國現代名作家、諾貝爾文學獎得主海明威（Ernest Hemingway）

台灣曾出版的世界名著與文學經典可謂汗牛充棟，然而，細察譯文品質與內容，大多是三十至五十年代大陸譯者的手筆，其行文用語的方式與風格，早已與當代讀者的閱讀習慣、閱讀趣味脫節，以致不再能喚起讀者的關注。這一套「經典新版　世界名著」是全新譯本，行文清晰、流暢、優雅，用語力求充分符合當代人的品味。故而，是「後真相時代」中尋求心靈滋養者最適切的選擇。

譯者序

劉淑梅

伊凡・謝吉耶維奇・屠格涅夫（Иван Сергеевич Тургенев），生於俄羅斯中部奧廖爾省的一個世襲貴族之家，是俄羅斯十九世紀傑出的作家、詩人，他的創作具有鮮明的俄羅斯民族特點，並且準確而深刻地描寫了十九世紀俄羅斯的社會生活，反映出當時社會生活發展的新動向，因此，屠格涅夫的長篇小說被譽爲十九世紀四〇年代至六〇年代俄羅斯的「社會編年史」。

屠格涅夫也是俄羅斯第一位獲得歐洲聲譽的作家，他的創作爲十九世紀俄羅斯文學的發展和成熟以及走向歐洲和世界做出了巨大的貢獻。

一般認爲，在屠格涅夫的長篇小說中，《羅亭》（Рудин，一八五六）、《貴族之家》（д ворянское гнездо，一八五九）、《前夜》（Накануне，一八六〇）、《父與子》（Отцы и дети，一八六二）代表了其創作的最高成就。

十九世紀六〇年代初，屠格涅夫的創作達到高峰，《前夜》和《父與子》正是在這一時期創作的。根據時代的要求，作家把視線從貴族知識分子轉移到平民知識分子的身上，敏銳地表現了俄羅斯社會的發展趨勢，真實地再現了當時俄羅斯社會的面貌及其矛盾。這兩部作品的問世在社會上引起的巨大回響、激烈爭論，是俄羅斯文學史上極其罕見的。

《前夜》的標題極富象徵意義，當時俄羅斯正處在農奴制改革的「前夜」，在俄羅斯文學史上，《前夜》是第一部以平民知識分子為中心人物的長篇小說，是最早歌頌「新人」的作品，男主角英沙洛夫樸實、真誠、勇敢，有堅定的理想，他是一個平民知識分子，保加利亞的愛國者，能化理想爲行動，爲了解放祖國，不惜犧牲自己的生命。

這位來自保加利亞的英雄，寓意著俄羅斯還處在出現這種英雄人物的「前夜」。保加利亞的英沙洛夫爲的是民族解放，而俄羅斯的英沙洛夫爲的是反對專制農奴制度。女主角叫葉琳娜，擁有堅強的意志，她善於思考、渴望行動，更是俄羅斯文學中第一個奮不顧身參加革命的英勇女性形象。

目錄

Contents

chapter 1

貴族階級

一八五三年夏季酷熱的一天裡，一株高大粗壯的菩提樹的濃蔭下，在莫斯科河岸離昆卓沃不遠的一片草地上，兩個年輕人並排躺著，其中一個高個子，看上去大約二十三歲左右，黑皮膚，鼻子尖而微鉤，天庭飽滿，寬厚的嘴唇上微微帶著含蓄的笑意，他仰面躺著，若有所思地目視前方，稍稍瞇起他那雙灰色的小眼睛。

另一個人則是趴著，兩隻手托起他那滿是淺黃色鬈髮的腦袋。他也一樣在注視著遠處的某個地方。他比他的同伴年長三歲，但是看上去更加年輕，他的鬍鬚才剛冒出來，下巴上蓄著一層薄薄的捲曲的茸毛。他那嬌嫩的小圓臉，甜蜜的褐色瞳孔，凸起的漂亮唇線和那雙白嫩的小手，像小孩子般的討人喜歡，隱含著某種誘人而優雅的因子。

他周身都散發出一種青春、活潑的健康氣息，這是一種專屬於年輕人的氣息——養尊處優、無牽無掛、自信滿滿的青春賦予的特有氣息。他的每一次回眸、托腮、微笑，所有的動作都像個故意顯擺的小男孩。他身穿一件白色寬鬆外套，類似一種短上衣，一條天藍色紗巾纏繞著他略顯纖細的脖子，在他腳邊的草地上有一頂被揉皺的草帽，隨意地丟在一邊。

和這個充滿青春氣息的年輕人比起來，他的夥伴則顯得像是個小老頭兒，單看他那笨拙的體型，應該沒人能想得到，他心中此刻也正被喜悅充盈著，感覺也同樣良好。他像根木頭樁子一樣躺著，那顆上寬下窄的腦袋笨拙地繫在頎長的脖頸上。他的那雙粗糙的手，他那被一件歐式黑色短襟長禮服緊緊包裹住的身軀，他的兩隻膝蓋向上抬起、酷似蜻蜓後腿的長腿——所有這些身體部位的姿勢和造型都顯得那麼笨拙。

然而，你卻不得不承認他的確是一個有著良好教養和素質的人。在他全身上下遍佈的笨拙動作裡流露出一種不易察覺的翩翩君子的風度。他不英俊，甚至可以說有點滑稽，然而卻常常表現出善良和沉思的習慣。他叫安德列・彼得洛維奇・別爾謝涅夫。他的同伴，那個有著淺色卷髮的年輕人，名叫巴維爾・雅科夫列維奇・舒賓。

「你怎麼不學我臉朝下躺著？」舒賓開口說話了，「這種姿勢很舒服，特別是把雙腳向後抬起來，然後兩隻鞋的後跟撞在一起的時候，喏，就像這樣。青草就在你鼻子尖底下，當看膩風景之後，你就可以用眼睛跟蹤一個大肚皮的小蟲子，看牠是如何在一根草上爬行，或者盯著隻小螞蟻，看牠如何忙忙碌碌。千真萬確，這樣真的更舒服些。然而你現在採用的是那種有些古典主義的動作，簡直就是個跳芭蕾舞的女演員，斜倚在一塊用紙糊的佈景的石頭上。你要知道，這時的你有足夠的權利好好休息放鬆一下。這可不是鬧著玩的，你可是學士畢業生第三名啊！休息一會兒吧，先不要把身體繃得那麼緊啦，讓你的胳膊、腿也舒服舒服！」

舒賓說這些話全部都是以調侃的口氣，懶洋洋地從鼻子裡哼哼出來的（養尊處優的小孩們對待給他們糖吃的朋友好像都這麼講話的），還沒等回答，他又接著說道：

「在螞蟻、甲蟲跟其他的昆蟲先生們身上，我最顧念的是牠們那種駭人的嚴肅，一副鄭重其事的面孔，躥來躥去，就好像牠們的生命有多麼了不起一樣！一個人，創造的君主，萬物的靈長，正在俯視著牠們，牠們卻對他不理不睬。也許會有隻蚊子不知好歹地站在創造之王的鼻尖上，拿他飽餐一頓呢。這真是一種恥辱。但從另一方面來說，牠們的生命在哪點上比我們卑微呢？如果我們能妄自尊大的話，牠們難道就不能妄自尊大？喂！哲學家，你幫我回答下這個問題吧！你怎麼不說話呀？啊？」

「什麼？」別爾謝涅夫彷彿猛地一怔，說道。

「什麼！」舒賓重複了他的話，「你的朋友正在對你滔滔不絕闡明一些他內心非常深刻的思想，但是你卻充耳不聞。」

「我正在看風景呢，你看，這片田野在陽光照耀下閃爍得多麼熱情啊！」別爾謝涅夫稍稍壓低了聲音說。

「好一片濃烈的色彩，」舒賓低聲咕噥，「總之，都是大自然嘛！」

別爾謝涅夫只好無奈地搖搖頭。

「你應該比我更加懂得欣賞這一切才是。你是有責任的，別忘了，你可是個藝術家。」

「非也，非也，閣下，此非我之所長也。」舒賓反駁說，同時把帽子扣到後腦勺上。「我只是個屠夫，閣下。我的任務是捏肉，把肉整個捏出來，包括手臂、肩頭、腿腳，但是這兒的風景既沒有確定的外形，也沒有完美的整體，到處鋪陳開來，我看你能抓住點什麼？」

「可是這裡也還是很美的呀，」別爾謝涅夫指出，「想起來了，你的浮雕做完啦？」

「你指的是哪個浮雕？」

「嬰兒與山羊。」

「見鬼去吧！統統見鬼去吧！」舒賓故意拖長聲調喊著，「瞧瞧真正的貨色，瞧瞧上一代人，瞧瞧古代的那些珍品，我就毫不猶豫摔爛自己那一文不值的東西。你指著大自然對我說『這裡同樣也有美呀』，當然了，萬物都有美，甚至於連你的鼻子上也存在這個東西，但你不該成天忙著追求美呀。上一代的人，他們才不會刻意去追求美呢，是美主動進入他們的世界、他們的作品中的。到底是怎麼來的？只有上帝才知道，也許是天上掉下來的也不一定。上一代人擁有整個世界，我們卻不能像他們那樣鋪陳開來，我們的目光太短淺。我們只要在一個小地方甩下釣魚竿就守住絕不挪窩兒。上鉤啦，棒極了！可要是不上鉤呢！」

舒賓吐一吐舌頭。

「等等，等等，」別爾謝涅夫反駁說：「你這分明是奇談怪論。如果你對美能產生共鳴，不能在任何地方一見到美都喜歡上它，那麼你同樣不可能在你的藝術品中抓住它。如果一幅美的風景畫，一支優美的樂曲無法讓你的心靈傾訴，有所感悟，我想說的是，你做不到與它們共鳴！」

「天哪，你這個共鳴家！」舒賓脫口而出，同時也爲這個由他生搬硬造的新詞發笑。但別爾謝涅夫卻仍沉浸在思考之中。

「不，老弟啊，」舒賓接著說：「你是個有文化的人，一個哲學家，莫斯科大學畢業生的第三名，與你爭論這些簡直太可怕啦，特別是我這個連大學都沒上完的學生，但是我想告訴你，除了我的藝術之外，我所鍾情的美只有女人，僅僅在美麗的女孩子身上，這也是這段時間以來……」

他翻身四腳朝天地躺著，兩手枕在頭底下，沉默著。正午酷熱的寂靜籠罩在泛著白光的沉睡著的大地上。

「順便談談關於女人的話題吧，」舒賓又開始說：「這究竟是怎麼回事，很少會有一個女人把斯塔霍夫放在手心裡？在莫斯科你有見到他嗎？」

「沒有。」

「這老頭兒一定是瘋了，沒日沒夜坐在他的阿芙庫斯金娜・赫里斯季安諾芙娜家裡，無聊得快死了，但還是那樣相對無言地坐著。樣子太蠢了，看上去讓人噁心。你瞧瞧，上帝賜給這個人一個什麼樣的家喲！不行，還必須要有個阿芙庫斯金娜！我還從沒見過比她那張鴨子面孔更爲慘澹的東西呢！這些天我爲她塑了座丹唐式[1]的漫畫像，很不錯呢，我拿來給你瞧瞧。」

「葉琳娜・尼古拉耶芙娜的那個胸像呢？」別爾謝涅夫問：「有進展嗎？」

「沒有，老弟，絲毫沒有進展。這張面孔令人無所適從，放眼望去，線條太過

1. 丹唐（一八〇〇—一八六九），法國雕塑家、漫畫家。

清晰、嚴密、端正，很容易做到雷同。但是又似乎不是那麼回事，似易實難。你有沒有留意她是如何聽人講話的？線條紋絲不動，僅就目光裡的表情很豐富，並且隨著表情的變化，全部體態都在變。一個雕塑家該如何辦到呢？況且還是個一知半解的雕塑家。真是一個非凡的生命，奇特的生命。」沉默一時後，他最後補充說。

「是啊！她的確是一個不平凡的女孩。」別爾謝涅夫繼續用他的話說。「但她卻是尼古拉．阿爾捷密耶維奇．斯塔霍夫的女兒！有了這一層，你將怎樣探討她的血統和家族呢？有趣的是，她恰好是他的女兒，她不僅像她的那雙父母，還很像安娜．瓦西里耶芙娜。我尊敬安娜，畢竟她是我的恩人，但是事實上，她是一隻老母雞。葉琳娜是哪兒得來這麼美麗的靈魂呢？是誰點燃她心靈的這團火的呢？這又出現一個需要你幫忙解答的問題，哲學家！」

但是所謂哲學家仍然沉默不語，別爾謝涅夫通常是絕不會失於多言的，他說話時看上去很笨拙，很木訥，徒勞地揮動著兩隻大手，而這次卻是有著某種特殊的寧靜壓在他的心頭上，某種類似疲勞、悲哀的寧靜。

他曾辛苦地工作了好長時間，那時天天都要幹數小時的活，直到最近才搬出城來。怡然自得的生活，整天無所事事，伴隨那清新的空氣，一種已經抵達目標的舒暢感受，能和朋友暢所欲言，在某一瞬間襲來的心上人的影子，所有這一切紛雜而無法言說的相似影像，在他心中彙聚成爲一個相同的感受，使他平靜，又使他激動、使他慵懶，而他本是個神經質的年輕人。

菩提樹蔭下涼爽且安靜，飛入它濃蔭中的蒼蠅和蜜蜂的嗡嗡聲似乎也更小一點。綠色草地，不摻一點兒金黃。高高的草葉也著了魔似的矗立著，紋絲不動。菩提樹低低的枝上懸著一小束一小束像是枯萎的黃花。甜美的氣息伴著每一次呼吸潛入肺部的深處，胸腔也似乎欣然吸進它。

遠處，河對岸，一直到地平線下面，一切都晃著光，似乎是在燃燒。不遠處偶有微風拂過，吹皺了靜謐卻也增強了另一處的閃光，一層閃光的薄霧在田野上方縈繞不去，鳥叫聲絕跡，牠們不在酷熱時唱歌。但紡織娘四下裡叫著，沐浴於輕輕拂動的微風下，沉醉於遼遠深沉的寂靜中，享受著自然界熱烈的生命之音，你一定會愜意非常，它不僅催人入夢，也會翻湧出回憶來。

「你注意到了嗎？」別爾謝涅夫忽然說話了，並用他雙手的動作來輔助著自己的話，「大自然在我們心裡所喚起的，是多麼奇特的一種情感啊！在大自然裡，一切都是那麼明確，我的意思是，所有的一切都那麼美滿；我們明白這一點，也讚美它，可是，同時，至少在我心裡，它常常讓人不安、恐懼，甚至是哀傷憂鬱。這是什麼意思呢？是不是在自然面前，和自然面對面的時候，我們更加強烈地感知到我們的虛空和淡漠？也許是我們沒有它那種賴以自我滿足的感受？而自然所有的那種滿足，我們卻沒有，而另一方面，我的意思是說，我們所需要的，自然卻正缺乏呢？」

「哼，」舒賓顯然不贊同他的話，「我來告訴你，安德列，這都是爲什麼吧！你所描述的只是一個孤獨者的感覺，這個人他不是在過日子，只是在無聊地觀望和發呆。爲什麼要觀望呢？自己應該去主動生活呀，成爲一個富有朝氣的年輕人。無論你如何去敲開大自然的大門，它都不可能清晰、響亮地回應你，因爲它根本就是個十足的啞巴。

「它會轟響，也會嗚咽，就像一根琴弦，但是你別指望它會唱歌。只有一個活著的靈魂才會回應，而這大多數又都是女人的靈魂。所以說，我親愛的朋友，你快去尋個心上人吧，到時候你所有的憂愁、感傷會立刻消失得無影無蹤。這些才是你指的我們『需要』的東西。

「看看這種恐懼吧，這種憂傷，看看這種類似饑餓的東西。爲你的胃送些真正的食物吧，一切就會馬上步入正軌，在宇宙中找到屬於你的位置，做一個真實活潑的人吧，我的老兄喲。

「再說，大自然是個什麼東西？它有什麼價值呢？你自己聽聽，愛情，這是個多麼強烈又熱情的詞語啊！自然，一個多麼冷漠、書面的詞！所以呀，」舒賓唱起來了，「萬歲，瑪麗亞・彼德洛芙娜！」

「或者不是這樣的，」他補充道：「不是瑪麗亞・彼德洛芙娜，反正都一樣！烏・買・康普列涅。[2]」別爾謝涅夫稍稍起身，用緊握著的雙手托住下巴。

「爲什麼開玩笑？」他兀自說道，眼睛卻沒有轉過來看著同伴，「爲什麼挖苦人？是的，你說得沒錯，愛情是一個偉大的字眼，也是一種偉大的情感，可是你說的又是些什麼樣的愛情呢？」這時舒賓也抬起身來。

「什麼樣的愛情？隨便什麼樣的，只要可以擁有它就好了。我說實話吧，照我看呀，假如愛了，壓根就沒有各式各樣的愛情。」

「就必須要一心一意。」別爾謝涅夫馬上接上。「是呀，這就是規律，心和蘋果不一樣，無法切成幾瓣。要是你愛了，你就是對的。我並非想要挖苦誰。

「此刻我心裡滿腔柔情，心變得相當地柔軟，我只想解釋一下，照你說的，爲什麼自然界對我們有那麼大的好處。因爲它在我們心中喚起了愛的需要，卻又沒辦法及時滿足它。它默默地將我們送往其他的活著的人懷裡，但我們卻不知道它，只能期待著從它身上得到點什麼安慰。

2. 法語的俄語拼讀，意為：你明白我的意思。

「唉！安德列，安德列喲，這太陽好美啊，這天空、我們四周的一切都多麼美好啊，可你卻在悲傷。但是如果說此刻你牽著心愛的女人的手，如果說這隻手與整個這個女人全都是你的，假如你幾乎是在用她的眼睛在看著這個世界，不是用你的、獨自一人的心思，而是同時也用她的心情去體會，那樣的話，大自然在你心中所激起的就不僅僅是滿腹的憂傷。

「安德列呀，也絕不會是驚恐，而你自己也再不會去思念它的美了，它也許會手舞足蹈，引吭高歌，它也許會和你一起唱關於你的頌歌，因為到那時，你已經在它啞然無語的身上灌輸語言了！」

舒賓一下子彈起，來回踱著步子，而別爾謝涅夫依舊低垂著頭，臉上浮現出一抹淡淡的紅暈。

「我不太同意你的說法，」他開始說：「大自然並不是時時刻刻都在暗示著我愛情（他不能一口氣說出「愛情」這個字眼來。）大自然也威脅著我們；它使我們想起那種可怕的……是的，不可解的神秘。它難道不是終於要吞掉我們，難道不是刻不容緩地在吞噬著我們的靈魂嗎？在自然裡，有生，也有死；死亡發出的聲響跟生命的聲音一樣清晰嘹亮呢。」

「在愛情的世界裡同樣也是有生有死的呀。」舒賓打斷他說。

「那麼，」別爾謝涅夫接著說：「比如說，春天當我站在樹林中綠色的草叢裡，當我感覺自己似乎聽見了『奧白龍』[3]浪漫的號角，」當說出這些話時，他覺得有點兒不大好意思，「難道這也是……」

「對愛情的渴望，對幸福的期盼，僅此而已！」舒賓馬上接過話頭，「我也理解這種聲響，我也瞭解那種發自內心深處的期待，它出現在我的心裡，在濃蔭，以及樹林的深處，也許還可能是在一個黃昏遼闊的原野上，那時太陽正緩緩升起，陽光溫暖和煦，叢林後的那條涓涓細流上雲蒸霧繞。

「可是叢林、山川、大地、河流、一片浮雲、一株小草，從它們那兒我所期望的、所希冀的是一種幸福感，我能在萬事萬物中感受到幸福的降臨，並聆聽它們強烈的召喚！

「『我的上帝——光明而快樂的上帝啊！』我曾用這句作爲一首詩的開頭，你不得不承認，這第一行寫得棒極了，可是我無論如何也寫不出第二行來了。幸福！幸福啊！生命還在延續，我們的腿腳還靈便，趁我們現在不是在下山而是在上山！見鬼去吧！」

3. 奧白龍是法國古代傳說中的林中仙女。

舒賓突然一頓，又接著說：「我們是年輕的，既不醜陋，也不愚蠢，我們一定要盡力爭取幸福！」

他瀟灑地把卷髮往後一甩，同時自信地，甚至像是在挑釁似的仰望著天空。

別爾謝涅夫抬起眼看他。「那麼在你看來，難道就沒有什麼比幸福還崇高的嗎？」他安靜地問道。

「比方說？」舒賓問，等著對方說話。

「比方說，你和我，像你所說的，都還年輕，大概也可以說，我們都是好人；我們各人都在追求各人的幸福，然而僅僅『幸福』這個詞就能讓我們彼此牽起手來，把我們倆結合起來嗎？這個詞，我的意思是，它難道不是一個自私的字眼，我是說，難道不是一個使人分裂的字眼嗎？」

「知道啊，而且還有很多呢，你也是知道的。」

「嗯？都是些什麼啊？」

「你難道還知道有什麼使人團結的字眼？」

「有的；還很不少；你自己當然也知道它們的。」

「有哪些？無妨試說一二吧。」

「比如藝術，你可是個藝術家啊，還有祖國、自由、科學、正義。」

「那麼，愛情呢？」舒賓問。

「愛情同樣也是個能讓人團結的詞，但不知是不是你現在所渴求的那種愛情，我說的這種愛情並非享樂式的，而是犧牲式的愛情。」舒賓不禁皺起了眉頭。「這種話對德國人說很合適，但我想要爲自己爭取愛情，我決定成爲爲愛奮鬥的第一號。」

「第一號嗎？」別爾謝涅夫重複道：「但我覺得，如果能把自己擱在第二號的位子上，才能實現我們生命的全部意義。」

「假如所有人都照你的意思，」舒賓扮了一個可憐的鬼臉說：「這世上就沒有人要吃鳳梨啦，全部都會分送給別人吃。」

「那也說明，鳳梨本來也不是非吃不可的。但是，你不必害怕，經常有些人做些自私的事，甚至將麵包從別人口裡搶走呢。」

兩位夥伴都沉默了一會兒。

「前兩天我又見到了英沙洛夫。」別爾謝涅夫又開始說：「我邀他到我這兒來，我特別想把他引薦給你，也想把他介紹給斯塔霍夫家。」

「英沙洛夫是何許人啊？啊，對了，是你曾跟我提起過的那個塞爾維亞人或是保加利亞人吧？就是那個忠誠的愛國者？該不會是他把這些奇怪的哲學思想塞進你腦子裡的吧？」

「可能是吧。」

「他一定是個人物，是嗎？」

「是的。」

「聰明嗎？是個天才不？」

「聰明？是啊。很有天賦？不曉得，那可很難說。」

「難道一點天賦都沒有嗎？那他有什麼出眾的地方？」

「你總會知道的。現在，我想我們該回去了，安娜也許還在等著我們呢。幾點啦？」

「三點了，我們走吧。好熱啊！這次和你的談話讓我渾身的血液都沸騰啦。你曾經有過那麼一個瞬間，不愧是個藝術家，我全部看在眼裡啦。對我說吧，是不是有個女人已經佔據了你的心了？」

舒賓想瞥別爾謝涅夫一眼，但是他早已轉過身去，走出菩提樹蔭了。舒賓緊跟其後，搖搖擺擺、姿態優雅地邁著他那雙小小的腳。別爾謝涅夫還是很笨拙地走著，肩頭抬得很高，脖子也伸得老長老長的。

但是無論如何他看上去比舒賓更像個上流人，更像個紳士，要是紳士這個詞在我們看來還可以的話，倒不妨就這麼描述。

chapter 2 卓婭·尼吉基什娜

兩個年輕人一齊走向莫斯科河，沿著河岸慢慢踱著。河水散發出一種清涼的氣息，在腳邊傳來一陣陣親切的微微蕩漾的聲音。

「我好想下去洗個澡啊，」舒賓說：「就是怕回去的時候晚了。瞧這河水，彷彿在誘惑著我們，要是有古希臘人在這兒，一定要說河裡有仙女的。但是我們並非希臘人，啊，仙女們！我們是西徐亞人[4]啊！」

「可我們有美人魚[5]呀。」別爾謝涅夫指出。

「得了吧，你和你的美人魚！那些恐怖的、冷冰冰的想像的產物，那些從悶窒的

4. 西元前七至前三世紀黑海北岸的部落，當時是粗野不化的民族。
5. 俄國民間傳說的水中仙女，音譯為「露沙爾卡」。

茅屋、從黑暗的冬夜裡所產生的幻象，對於我，一個雕塑家，有什麼用呢？我要的是光明，是空間……我的上帝呀，什麼時候我才能到義大利去？哪一天……」

「什麼，你是說，哪一天你才可以到那個小俄羅斯[6]去？」

「你不害羞嗎，安德列，來責備你朋友一時的糊塗！就算你不說，我也已經懊悔不已啦！是呀，我像個道道地地的傻瓜，天底下最善良的安娜曾給我錢讓我上義大利旅行去，但我卻去霍霍[7]們那兒吃麵疙瘩湯，還有……」

「別再說了，我懇求你！」別爾謝涅夫忽然打斷他的話說道。

「我還是要說，這些錢花得很值得。在那兒我看到了那麼唯美的造型，尤其是女人的典型……當然啦，我明白，除了義大利，我再找不到救星了！」

「就算你去了義大利，」別爾謝涅夫說，沒有回過頭來，「也什麼事情都做不出來。你只會拍拍翅膀，可是總也不飛，我們是知道你的！」

「斯塔瓦賽爾[8]已經展翅高飛啦，還不僅是他自己，倘若我沒有起飛，換言之，那是因爲我是一隻沒有翅膀的企鵝。在這兒我確實悶得慌，強烈嚮往著義大利，」舒賓

6. 舊時對烏克蘭的一種俗稱。
7. 舊時對烏克蘭的蔑稱，指其頭頂上的一撮頭髮，又譯「一撮毛」。
8. 當時俄國的一位雕塑家。

接著說：「那兒有明媚的陽光，那兒還有美……」

一位頭戴寬邊大草帽，肩頭上搭著一把粉紅色小陽傘的年輕女郎，恰巧出現在這兩位朋友正走著的小路上。

「你瞧，我看見了什麼？就是在此時此地，也有美迎面而來啦！卑微的藝術家向美麗的卓婭小姐致敬！」舒賓突然叫了一聲，戲劇性地甩了甩帽子。

他呼喚的那個年輕姑娘停了下來，並隔空用手指點了點他。直到舒賓兩人走到跟前，才開始講話。她的聲音清脆響亮，捲舌音有點兒不準。

「兩位有什麼事麼，不想去吃飯嗎？早就準備好啦！」

「我的耳朵聽見了什麼？」舒賓舉起雙手慢慢一拍，說道：「真是你！我美麗的卓婭，這麼炎熱的天氣，你是特地出來找我們的嗎？我可以這樣理解你的話嗎？請你告訴我，確實是這樣嗎？可能不是，但千萬不要否認。那樣的話，我會立刻難過而死的。」

「呀，我求你了，不要這樣，巴維爾先生，」女孩有些惱火，「爲什麼你跟我說話就一定要表現得油嘴滑舌呢？我可是要生氣的。」

說最後一句話時，她扮了個鬼臉，嘟起小嘴。

「你是不會生我氣的，美麗迷人的卓婭．尼吉基什娜，你一定不想把我扔進絕望無比的、黑暗無光的深淵裡。可我就是不會正經八百地說話呀，因爲我本來就是個不正經的人。」

女孩無奈地聳聳肩，轉而面對別爾謝涅夫。

「他老是這樣，以爲我是小孩子。我已經十八歲了，已經長大成人了。」

「啊，老天！」舒賓長嘆一口氣，白眼一翻。別爾謝涅夫則安靜地笑了笑。

姑娘這下急了，急得跺了一下她的小腳。

「聽著，巴維爾．雅科夫列維奇！我真的生氣了！她本來打算和我一起來的，」她繼續說道：「最後還是決定留在園子裡。她怕熱，我可不怕。我們快點走吧。」

她順著小路往回走去，纖細的腰肢輕盈地伴著步調扭動著。

她不時用戴著黑色半截手套的手撩一撩搭在臉上的柔美的長髮，而那兩位朋友則緊緊地跟在她後面。舒賓一會兒靜靜地把雙手捂在胸口，一會兒又把雙手高高舉過頭頂。

不一會兒，他們就來到昆卓沃周圍其中的一棟別墅門前。那是一幢玲瓏小巧、帶夾層頂樓的木質房屋，刷著粉紅的外牆。

卓婭把籬笆門推開，一路小跑著跑進園中，一邊喊著：「我帶回來兩個流浪漢！」

一個面色蒼白，然而表情生動的少女從路邊一隻小長凳上站起身來。一個身著紫紅色綢衣裙的太太出現在屋子的門檻上，她舉著一條繡花的麻布手絹，用來遮住太陽，沒精打采地微微笑著。

chapter 3 安娜&尼古拉·斯塔霍夫

安娜·瓦西里耶芙娜·斯塔霍夫原本是姓舒賓的，她七歲的時候成了無家可歸的孤女，同時也繼承了一份數量可觀的遺產。她的親戚裡，有的非常富裕，有的則非常貧窮。窮的是爸爸那一邊的親戚，富的則是媽媽那邊的，例如，參政官瓦爾金和契古拉索夫公爵。曾經她被法定監護人阿爾達里奧·契古拉索夫公爵送到莫斯科的一家條件最優越的寄宿學校學習。畢業以後，她又被那位監護人公爵接到自己家中撫養。

她的日子過得很優越。每年冬天，她都一定會舉辦舞會。而安娜將來的丈夫，尼古拉·阿爾捷密耶維奇·斯塔霍夫就是在某一次舞會上征服她的。那天，安娜穿了一件美麗絕倫的玫瑰色長裙，頭上戴了一個由小朵玫瑰花編成的花環。那個花環她至今還保存著。

尼古拉的父親是一個已經退役的上尉。一八一二年，上尉因爲負傷而獲得了一個彼得堡的肥缺。

尼古拉十六歲進入士官學校，畢業後成了近衛軍。他相貌出眾，身材修長挺拔。在那些中等人家的小型舞會上，他算得上是個出類拔萃的黃金單身漢。當然，他也只能出入這樣的晚會，因爲上流社會的舞會他還沒辦法進入。

他年輕的時候有兩個理想，第一個就是當一個侍從武官，第二個就是娶一個有錢的老婆。不過，第一個理想不久以後就被放棄了，然後，他就執著於第二個理想。於是，幾乎每年冬天，他都要去莫斯科。

他的法語講得特別流利，還獲得了哲學家的美譽，因爲他從來不尋歡作樂。在他還是個準尉軍官的時候，他就已經喜歡跟別人爭辯，而且是永不停息地爭辯。比如一個人是否可能在他的一生中走遍全宇宙，能不能知道海底發生的事情之類。他一直認爲，這些都是完全不可能的。

他把安娜「騙到手」的時候，才二十五歲多一點。那時，他還沒有去鄉下務農。不過他也厭倦農村的生活。田產原本是該由農民自己交納地租的。後來，他就住到了他妻子在莫斯科的房子裡。

年輕的時候，他從來不賭博，但現在卻迷戀上了洛托[9]。洛托被法令禁止以後，他又迷上了葉拉納什[10]。不過，無所事事地待在家裡，最終還是讓他感到煩悶，後來，他就跟一個德國血統的寡婦勾搭上了，幾乎整天往她家裡跑。

一八五三年夏天，他沒有去昆卓沃，而是留在了莫斯科。他謊稱自己留下來是因爲莫斯科使用礦泉水更方便，而事實上，則是不想跟那寡婦分開。然而，他跟她也沒什麼話題可聊，充其量也就是些能否預測天氣之類的話。

有一次，有個人說他是神經病，他卻有些喜歡這個稱呼。

「對呀，」他自己一邊想著，一邊得意地拉下嘴角，搖晃著腦袋，「我可是不容易對付的；你別想隨便唬我。」他的反應也就只是這樣。

比方，當他聽見人說到神經，他就說：「什麼是神經呀？」

再或者，如果有人在他面前談起天文學，他就會這樣反駁：「你居然相信天文學？」而當他打算徹底擊敗對手的時候，他就說：「你說的這些全是廢話。」

很顯然，這樣的反駁對於許多人來講，幾乎是（而且至今仍然是）不可理喻的。

儘管如此，尼古拉做夢也沒有料到，阿芙庫斯金娜在給她的表妹費奧朵琳達・別特爾

9. 一種撲克牌的賭法。
10. 一種撲克牌的賭法。

吉留斯寫信的時候，是把他稱爲「我的小傻瓜」的。

至於他的妻子安娜，是個身材嬌小的女人，長得也很清秀，並且多愁善感。在寄宿學校學習的時候，她就喜歡音樂，還喜歡讀小說。後來，她則是幾乎拋棄了所有，開始一心鍾情於穿戴。再後來，她把這個也拋棄了，整天專注於培養女兒葉琳娜。接著，她的身體就變差了，只好把女兒全權託付給家庭女教師。結果就是，她現在只能獨自發愁和黯然神傷。

生葉琳娜的時候，毀了她的健康，以至於她無法再生育。尼古拉話裡話外時不時地會提及這一點，借此爲自己跟阿芙庫斯金娜的關係作些辯解。

巴維爾是安娜的表侄，父親供職於莫斯科，哥哥們在士官學校學習。他是家裡的小兒子，最得母親寵溺。他體質不好，就一直留在了家裡。

他讀完中學，家裡準備送他去大學。他從小就熱愛雕塑。有一次，身材高大而笨重的參政官瓦爾金在他姑母家看見了他的一個小塑像（那時他才十六歲），大加讚賞了一番，並打算鼓勵這位年輕的天才。

然而，父親的猝死卻差點改變了年輕的舒賓的未來。那位參政官——天才的支持者，當時只送給了他一尊荷馬石膏小胸像。還是姑母慷慨地資助了他，讓他在十九歲的時候勉強進入大學，不過讀的是醫學專業。

巴維爾對醫學卻一點興趣也沒有。只是以當時大學的招生人數，他根本沒有資格進入其他的科系，而且他也打算學點解剖學。但是他卻沒能學到解剖，甚至沒能繼續念二年級。他還沒有參加一年級的學期考試就輟學了，轉而去全身心地發展自己的天賦。

他工作的時候專心致志，同時又生活得一曝十寒。他一直遊蕩在莫斯科的近郊，以爲一些農家女塑像謀生。不管長幼尊卑，也不管是義大利造型師還是俄國藝術家，他都跟他們打過交道。

他不喜歡學院式的學習，也不崇拜任何一位教授。事實上，他的確才華橫溢，並逐漸在莫斯科有了些名氣。他的母親出生在巴黎，原本也是大家閨秀，並且是一個善良而聰慧的女人。她不僅教會巴維爾法語，還爲他晝夜奔波、操勞，她爲兒子感到驕傲。

不過，這位偉大的母親不久便因肺癆去世了，臨終前，她請求安娜收留了舒賓。那時舒賓已經二十一歲了，安娜實現了他母親臨終前的囑託，在這座別墅裡，爲他安排了一間還不算小的房間。

chapter 4

葉琳娜

「快點過來，吃飯了。」女主人用一種像是埋怨的語氣催促著大夥向餐廳走去。

「來，靠著我坐，卓婭。」安娜小聲說道：「你呀，招呼招呼客人。你，拜託，不要鬧了，也別來惹卓婭，我今天頭痛。」

舒賓又翻了個白眼，露出一個不易察覺的微笑。

這個卓婭，或者更精確地說是卓婭·尼吉基什娜·繆勒，是個討人喜歡的帶有俄國血統的德國小女孩。她的眼睛有點輕微的斜視，小鼻子尖上兩個鼻孔的距離很遠。不過，她擁有紅潤的嘴唇與白皙的皮膚，身材也很豐潤。她很擅長唱俄國抒情歌曲，還可以俐落地在鋼琴上彈出一些或是歡快或是憂傷的曲調。她的穿戴雖然雅致，但還是有些孩子氣，而且被弄得有些過分地整潔。

她原本是安娜收養來陪伴自己女兒的，卻幾乎被安娜整天留在身邊。不過葉琳娜對這件事表現得並不是很介意。只是兩人單獨在一起的時候，基本上無話可談。

這頓午餐吃了很久，別爾謝涅夫和葉琳娜談起了他的大學生活，也談起了自己的理想和願望。舒賓只在一旁聽著，並沒有出聲，吃相倒是貪婪得有些誇張。他不時給卓婭送去一個滑稽的酸楚目光，卓婭卻依舊用她那種漫不經心的微笑來回應。

飯後，葉琳娜跟著別爾謝涅夫和舒賓一起去花園散步。卓婭看著他們的背影，微微聳了聳肩，就轉身坐到鋼琴前。

安娜本想跟她說：「你怎麼不一起出去走一走？」然而還沒來得及開口，卓婭便搶先開口說道：「給你彈個憂傷的曲子怎麼樣？」

「哦，好啊，彈奏韋伯的吧。」安娜一邊應承著，一邊走到一張安樂椅上躺下，眼眶竟然有些濕潤。

這時，葉琳娜正領著兩位朋友走進一座金合歡樹的小涼棚裡。一張小木桌立在涼棚中央，周圍放著幾隻小凳子。舒賓看了看四周，轉了幾圈，悄悄說道：「等我一會兒！」便跑回自己的房間拿來一團黏土，給卓婭塑像。

他一邊晃著腦袋喃喃自語，一邊又不停地笑。

「這是老把戲了。」葉琳娜瞥了一眼舒賓的作品，便轉身跟別爾謝涅夫繼續談論飯桌上未完的話題。

「這把戲真的老嗎？」舒賓接著葉琳娜的話，「這是一個永遠也不會過時的主題呢！今天她實在讓我忍無可忍。」

「爲什麼？」葉琳娜不解，「你好像在說一個惡毒到讓人厭煩的老太婆。人家可是一個年輕漂亮的女孩！」

「那是當然，」舒賓打斷了她，「她長得確實漂亮，而且非常漂亮。我完全相信，每一個路過的人只要看她一眼，就會心神蕩漾。要是能跟這樣一個人兒跳一場波爾卡[11]，那才美妙呢。我也相信，她自己也知道這一點，並且爲此感到十分愜意。那種羞澀的眉眼，那份溫文爾雅，還會有什麼別的意思？啊，你知道我的意思的，」接著，他又從牙縫中擠出一句，「不過呢，你這時可能也無暇顧及了。」

接著，他一下子捏碎了卓婭的塑像，然後又急匆匆地，若有所思地拿著黏土捏呀揉呀的。

「這樣看來，你是打算成爲一位教授嗎？」葉琳娜問別爾謝涅夫。

11. 一種在俄國流行的捷克民間雙人舞。

「是呀，」別爾謝涅夫把自己那雙已經通紅的手夾在雙膝間回答說：「這是我一直追求的理想。當然，我也很瞭解我需要做些什麼，來從事這麼一個崇高的……我是說，我目前的造詣還很膚淺，但是我希望可以有機會出國，如果可以的話，就在國外待三四年，到那時……」

他突然停了下來，低下頭，然後又迅速地抬起眼睛，不自然地笑了笑，理了理頭髮。

每當跟女人交談的時候，他的語速就顯得比平常更加緩慢，捲舌音也顯得更加含糊。

「你是想成爲一位研究歷史學的教授嗎？」葉琳娜繼續問。

「是，或者是哲學教授也行，」他壓低了聲音補充道：「要是有這個可能的話。」

「他在哲學上早就強大得像個魔鬼了，」舒賓一邊用指甲在黏土上劃出幾條深深的線痕，一邊插嘴道：「他還用得著出國嗎？」

「你對自己的位置會感到完全的滿足嗎？」葉琳娜倚在自己的手肘上，直接注視著別爾謝涅夫的臉。

「當然，葉琳娜，我完全滿足。還能有比這更好的志向麼？的確，就像季莫菲伊・尼古拉耶維奇[12]一樣，我只要一想到類似的工作，心裡就充滿了喜悅和惶恐。對……就是惶恐。這……這是因爲我明白自己的能力有限。我去世的父親曾經也期盼著我可以從事這樣的事業……我永遠也無法忘記他臨終的叮囑。」

「你父親在這個冬天去世的？」

「對，葉琳娜，就在二月。」

「我聽人說，」葉琳娜繼續追問著，「他留下了一部不一般的手稿，是不是？」

「是啊，他的確是個很了不起的人，你要是見到他，也會仰慕他的，葉琳娜。至於這部稿子的內容，葉琳娜，不是我幾句話就能跟你解釋清楚的。我父親的學識很淵博，他是謝林[13]派，他的話並不是處處都說得很明晰。」

「安德列，」葉琳娜還是打斷了他，「請原諒我的無知，謝林派是什麼意思？」

別爾謝涅夫微微笑了一下。「謝林派，指的就是德國哲學家謝林的追隨者。他的學說是……」

「啊！安德列，」舒賓忽然大叫一聲，「看在上帝的面子上！你不會真的打算給

12. 季莫菲伊・尼古拉耶維奇・格朗諾夫斯基（一八一三—一八五五），當時俄國著名的自由派學者，莫斯科大學教授。
13. 謝林（一七七五—一八五四），德國唯心主義哲學家。

葉琳娜上一堂謝林的課吧？饒了她吧！」

「哪是上課，」別爾謝涅夫嘀咕了一聲，臉頰微微泛紅，「我只是打算……」

「什麼嘛，難道就不可以上課嗎？」葉琳娜說：「我們倆都很有必要上上課呢，巴維爾！」

舒賓凝視著她，忽然大笑起來。

「你笑什麼？」葉琳娜冷冷地、甚至是嚴肅地說。

舒賓收起笑意。「哦，好了，不要生氣。」

不一會兒他又小聲說：「好，是我錯了。但是說實話，我們這樣算是什麼啊？看看，在這麼晴朗的天空，這片濃蔭之下，我們怎麼在談論哲學？我覺得我們應該來談談夜鶯，談談玫瑰，或者年輕女孩的眼睛和微笑什麼的。」

「是呵，還可以談法國的小說，女孩子的服飾什麼的。」葉琳娜也補充道。

「好啊，就談談女人的服飾吧，」舒賓反唇相譏，「要是衣裳真的漂亮的話。」

「但是如果我們不想談女人的服飾呢？你不是自稱是一位自由藝術家嗎？你就不要去侵犯別人的自由了嘛。我想說，既然你有這樣的思維，你又爲什麼總要攻擊卓婭呢？難道非要跟她談那些衣裳、玫瑰，才覺得舒心嗎？」

舒賓一聽紅了臉，忽地從凳子上站起來。

「咦？是嗎？」他的聲音聽起來非常焦慮，「我知道你的意思，葉琳娜，你是想支開我然後去找她。你就是想說，我該走了？」

「我沒想讓你走。」

「你就是，」舒賓怒氣衝衝，「我沒資格跟其他人打交道，跟她才是一對，我就跟那個德國妞兒一樣空虛、荒謬、無知。請問，是這個意思嗎？」

葉琳娜一聽，禁不住皺起了眉頭：「你以前可從來不這樣評論她，巴維爾。」

「呵，你就說吧！盡情地責罵我吧！」舒賓嚷著，「好吧，老實說，有那麼一瞬間，也就是一瞬間，我覺得她的小臉兒很嬌嫩。但是我就是想回敬你幾句，你可千萬要記住。再會，葉琳娜小姐，」他忽然又說了一句，「要是我再說下去就有點過分了。」然後猛地一拳打向已塑成人頭形狀的黏土，便跑出涼亭衝進了自己的房間。

「還像個孩子一樣。」葉琳娜看著他的背影說著。

「人家是藝術家嘛，」別爾謝涅夫默默含笑著說：「基本上所有的藝術家都是這樣的，我們得原諒他們的任性。這是他們的特權呀！」

「是，」葉琳娜說：「可是至今還沒有什麼可以使巴維爾擁有這種權利。到目前為止，他什麼也沒做出來。來，你挽著我，我們到那邊的林蔭道上去遛遛，他把我們的談話打斷了，剛才我們談到了你父親的文章。」

別爾謝涅夫挽著葉琳娜的胳膊，跟她一起在花園裡散步，可是最初的話題被打斷得太久，已經沒辦法再繼續了。於是，別爾謝涅夫又重新談起了自己對於教授稱號、對於未來的事業的計畫。

他邁著笨拙的小步，在葉琳娜身邊默默地走著，笨拙地挽著她的手臂，肩頭時不時地碰碰她。他一次也沒敢正眼看她一眼，可是他的話語，儘管運用的不是很恰當，可也算是暢快地流淌出來，表達得算是簡單明瞭。

他的眼睛緩緩地依次掃過樹幹、小徑的沙礫和青草，眼神中閃爍出一種寧靜的感動，那種感動只能出自高尚的心靈。而他那穩重的語調，也透露出了他在他所珍視的人面前傾訴心聲時的那種喜悅。

葉琳娜依戀地聽著他的話，半側著身子望向他，目光彙聚在他微微有些蒼白的臉上，看著他那雙友好而親切，卻又明顯是在躲避她視線的眼睛。她敞開了心扉，彷彿是要讓某種柔軟、公正、善良的東西融進她的心房，然後再從她心底裡萌芽。

chapter 5
暗戀

一直到天黑，舒賓都一直躲在自己的房間裡。夜幕完全降臨了，一彎缺月在天空的正中央高高懸著，璀璨的銀河裡，星光閃耀。

別爾謝涅夫跟安娜、葉琳娜和卓婭道了別，去找自己的朋友。門已被反鎖，他便敲了兩下。

「誰呀？」裡面傳來舒賓的聲音。

「是我。」別爾謝涅夫答道。

「什麼事？」

「給我開一下門，巴維爾，你不要再任性了，你怎麼就不知道慚愧呀！」

「我沒有任性，我已經睡了，正好夢到了卓婭呢！」

「我求你，別這樣。你已經長大成人了。給我開門吧！我有話要跟你說。」

「你不是跟葉琳娜談得好好的嗎？」

「罷了，罷了，給我開下門！」

舒賓只回報了他一陣假裝的鼾聲，別爾謝涅夫無奈地聳了聳肩膀，轉身回家了。

夜是這樣溫暖，又彷彿那麼靜謐，似乎萬物都在靜靜地聽著、等著。別爾謝涅夫被這靜謐的黑暗震懾了，不由自主地停住了腳步，他也試著側耳傾聽，似乎也在等待。

不時有輕輕的颯颯聲從近處樹木的樹梢上傳來，就像是女人裙裾的窸窣聲，這細小聲音在別爾謝涅夫心頭激起了一陣甜美的悸動，給他帶來一種近乎於恐懼的感覺。他感覺自己的面頰麻酥酥的，一滴淚忽地流了下來，涼絲絲的。

他真想無聲無息地消失掉，隨便到哪兒遛遛，藏一陣子。忽然旁邊吹來一陣刺骨的寒風，讓他微微抖了一下，他呆呆地站在原地。

枝頭上落下一隻沉睡的甲殼蟲，剛好落在路徑上。別爾謝涅夫輕叫了一聲「喝」，又重新矗立不動。這時，他的腦子裡忽然出現了葉琳娜的身影，於是那些稍縱即逝的感覺都赫然消失了，只留下夜的清新和那些漫步其間的愉快印象。他整個心靈都被一個年輕女孩的形象佔據了。

別爾謝涅夫低頭漫步，把她說過的話又想了一下，還有她提起的問題。一陣篤篤的腳步聲忽然急促地從身後傳來。

他側耳聽了聽，是有人在奔跑著向他趕來。然後他聽見時斷時續的喘息聲。突然間，他看見在一株大樹下的陰影裡，忽地出現了一個蓬頭垢面、沒戴帽子，臉色被月光照得有些蒼白的舒賓。

「太好了，你是沿著這條路走的，」他上氣不接下氣地說：「如果我沒有追上你，我一整夜都會睡不安穩。把你的手給我，你是要回家嗎？」

「是。」

「讓我送你吧。」

「可你沒戴帽子！」

「沒關係，我連領帶也沒有打呢。現在還暖和。」

兩人便一起向前走了幾步。

「我今天是不是很傻？」舒賓忽然問。

「說實話，是的，我沒法理解你。我從沒見過你這樣，你是爲了什麼生那麼大的氣呢？真是！爲些雞毛蒜皮的事！」

「嗯，」舒賓喃喃道：「只有你才這麼說，我根本沒心思去做那些一文不值的小事情。這你得明白，」他接著說道：「我一定要跟你說，我……嗯……隨便你怎麼看我吧！我……好！我其實喜歡葉琳娜。」

「你喜歡上了葉琳娜？」別爾謝涅夫不敢相信自己的耳朵，呆立著不動。

「對，」舒賓裝出不在乎的神情接著說：「那叫你吃驚嗎？在今晚以前，我本來還在期待，期待她也許會慢慢愛上我，但現在我知道了，我沒有一點希望，因爲她已經愛上了別人。」

「別人？誰？」

「是誰？你呀！」舒賓喊了出來，在別爾謝涅夫肩頭拍了一下。

「我？」

「就是你。」舒賓肯定道。

別爾謝涅夫不禁往後退了一步，呆呆地站住了。舒賓目光炯炯地注視著他，他頓時不知所措，那個清新的夜晚，還有挽著葉琳娜胳膊時，怦然心跳的微妙情感湧上心頭。他也不知道自己是不是愛上葉琳娜了，可這一段時間，他確實會情不自禁地想起那晚散步時的愉悅感。

「這會叫你吃驚嗎？你可真是個謙虛的年輕人呀。但是她愛的是你，在這一點上你一點也不用擔心。」

「你胡說什麼呀！」最後，別爾謝涅夫惱火地拋出這麼一句話。

「這哪是胡扯？但是，我們爲什麼要這麼站著呢？咱們往前走吧，邊走邊談，那樣輕鬆得多。我很早就認識她了，非常地熟悉她，我不會搞錯的。你正符合她的標準。曾經她也喜歡過我。但是，第一，她覺得我是個輕浮的年輕人，而你正好很老成持重，身心各方面都是規規矩矩的角色。別著急，我還沒說完呢，你溫和善良而且熱情執著，是一個名副其實爲科學獻身的代表性人物。這種人，不對，不是『這種人』，應該說這種人士應當被俄國中等貴族階級引以爲豪！其次，前兩天葉琳娜正好碰見我在吻卓婭的胳膊！」

「卓婭？」

「對，正是卓婭。你叫我怎麼辦？她那雙肩頭真是太漂亮啦。」

「她的肩頭？」

「對呀，就是肩頭，還有手臂，都是一樣的啊。葉琳娜是在午餐後撞見我那個隨意之舉的，更糟的是，午飯前我還當著她的面罵過卓婭。可惜葉琳娜不知道這種矛盾的一切自然性。就在這時你突然出現了——你有信仰，可你到底信什麼呢？你的臉紅了，感覺難爲情？你對席勒[14]、謝林（而她一直在尋找傑出人物）大談特談，於是你自然而然地就贏了，但我呢，倒楣啊，就知道插科打諢，所以……而且……」舒賓忽然哭了起來，他懊惱地走到一邊，一屁股坐在地上，狠狠扯著自己的頭髮。

別爾謝涅夫向他走近。

「我說，巴維爾啊，」他說道：「怎麼又耍小孩脾氣了呀？罷了！今天你是怎麼了？天知道你腦子裡都裝了些什麼亂七八糟的東西，可你真的在哭。說實話，我還以爲你在裝模作樣呢！」

舒賓抬起頭來。月色裡，他臉上的淚水閃著異樣的光亮，臉上卻含著笑。

「安德列！」他說道：「你怎麼想我都可以，我不怕承認，我這會兒是得了歇斯底里病，但我，真的愛上葉琳娜了，可葉琳娜卻愛上了你。不過，我既然已經答應了送你回家，我會信守諾言的。」

於是他站了起來。「多美的夜晚！閃著銀光、洋溢著青春的夜晚！這個時候，相戀的人會覺得很美好！他們儘管失眠也是快樂的啊！你會失眠嗎，安德列？」

14.席勒（一七五七—一八〇五），德國著名詩人、劇作家。

別爾謝涅夫並沒有答話，只是加快了步伐。

「你要趕著去哪兒嗎？」舒賓說：「相信我，像這樣的夜晚，你以後再也不會遇到了，在家裡等你的只有謝林而已。不過，他今天倒是爲你效勞了一次，但你也不用著急呀。唱首歌吧，要是你會的話，唱得比平常大聲些。

「你要是不會，就把帽子脫下來，抬起頭來，對著星星笑笑也行。它們可一直看著你呢，就看你一個人。星星眼裡只有戀愛中的人，它只做這種事，所以才會那麼美。看你不也在戀愛嗎？安德列，你怎麼什麼反應也沒有啊，你怎麼不說話？」

舒賓又接著說：「啊，你要是認爲自己很幸福，那就別出聲好了，別說話！我囉唆，因爲我是個不幸的人，沒人疼，我就是個獻寶的小丑。但是，要是我知道有人愛我的話，我會伴著這絲絲涼風，在這片燦爛的星光之下，在這璀璨奪目的寶石之下，開懷釋放出多少無語的歡樂呀！別爾謝涅夫，你感到幸福了嗎？」

別爾謝涅夫還是沒有出聲，反而更加快速地順著平整的道路走著。前方的綠樹林裡，隱約閃爍著一個小村子的燈光，那是他住的地方。這個村子只有差不多十來幢並不算大的別墅。

在村口，道路右側兩棵華蓋似的白樺樹下面，有一家小雜貨店。所有窗子都關上了，但門口有一條寬寬的光帶呈扇形拋灑在被踩壞的草坪上，又向著樹林反射過去，耀眼的光把濃密樹葉的灰色底面照亮了。

一個看起來應該是傭人的女孩，正站在小店裡面，背對著門口，跟店主人討價還價。她紮在頭上的紅頭巾下，隱約露出了圓圓的臉龐和纖細的脖子。兩位年輕人就在這時走入那條光帶。

舒賓往店裡一瞥，就停下來叫了一聲：「安奴什卡！」

女孩急忙轉過身來，一張漂亮而稍稍有些寬的紅潤臉頰也露了出來。兩隻快活的褐色眼睛上面是兩道既密又黑的濃眉毛。

「安奴什卡！」舒賓又喊了一聲，女孩看了他一眼，露出惶恐而羞澀的神情，她什麼也沒買就從小賣店前的小門廊上走了下來，又匆忙閃開，稍稍環視了一下周圍，便穿過小路，向左邊跑去了。

雜貨店的主人長得胖乎乎的，和鄉下的其他商販一樣，對一切都保持漠不關心的神情。這時，他朝著女孩的背影哼了一聲，打了個哈欠。

舒賓則轉過身對別爾謝涅夫說：「嗯……嗯……你知道的……我在這兒認識一家人……就是他們家……你可千萬不要誤會……」

話音還沒落，他就跟著那女孩跑掉了。

「再怎麼樣，你也得先把眼淚擦乾呀。」別爾謝涅夫對著他大聲說，自己也情不自禁地笑了出來。但是，當他到家的時候，臉上並沒有什麼高興的表情。

他停止了笑聲，根本無法相信舒賓跟他說的那些話，不過那些話還是深深地植入了他的靈魂。

「巴維爾在逗我，」他心裡想，「可她早晚有一天也會戀愛的呀，那麼她會愛上誰呢？」

他的房間裡有一架鋼琴，不是很大，也有些舊了，音色雖然不是非常純，但仍柔和動聽。他坐到鋼琴前面，開始彈了幾個和弦。

和任何一位俄國貴族一樣，他在年輕時就開始學習音樂，但他的琴彈得十分糟糕，不過他還是瘋狂地愛著音樂。事實上，他對音樂的鍾愛並不在於藝術，也不在於音樂的表達方式（交響樂、奏鳴曲，就連歌劇他也覺得沉悶），而是在於音樂本身所含有的一種特殊的親和力。

他喜歡那種朦朧、柔美、虛幻卻又包羅萬象的感覺。那感覺能喚起心靈中音響的整合與融匯。他在鋼琴那兒待了半個多小時，反覆彈著同樣一組和弦，同時也笨拙地找著新的和弦，又多次停下來，凝神屏息傾聽輕弱的七度音。

他感到心在疼痛，眼睛不止一次被打濕了。他並不因這淚水而感到害羞。因爲此刻他正隱藏在黑暗中。

「巴維爾說的是真的，」他想，「我能預感到，這個黃昏將再也不會出現第二次。」最後，他站起身，點燃了蠟燭，把睡衣披上，從書架上拿出一本羅美爾[15]的《霍亨斯托芬家族史[16]》的第二卷——嘆了幾口氣，就開始專注地閱讀！

15. 羅美爾（一七八一—一八七三），德國歷史學家。
16. 霍亨斯托芬為日爾曼旺族。

chapter 6

慈善家的苦楚

與此同時，葉琳娜也回到了自己的房間，在敞開的窗子前坐著，雙手支著頭。這是她的習慣，每晚必然在自己房間的窗前坐上大概一刻鐘。她就在這個時候跟自己說說話，自己梳理一天經歷的事情。

不久前她過了二十歲的生日。身材頎長的她有一張蒼白的臉，一雙灰色水靈靈的大眼睛嵌在彎彎的眉毛下面，眼睛周圍長了一些細小的雀斑，額頭和鼻子很挺，雙唇緊閉，下巴十分尖削，褐色的髮辮垂在纖細的脖頸上。

那專注又略帶羞怯的表情，清澈而又變幻莫測的眼神，那矜持的微笑，那輕淡的顫巍巍的語調……她全身顯出一種神經質的閃電一樣的東西，一種看似激動卻又一閃而過的東西。總之，她身上有一種無法讓所有的人都喜愛，甚至有時會讓有些人感覺生疏的東西。

她的手非常精緻，帶著玫瑰的顏色，手指纖細修長，兩隻腳也很精緻。她走路很快，幾乎是急速的，走路時，身體還微微向前傾斜。

她的成長歷程相當奇特，一開始是崇拜父親，後來又熱烈地依戀母親，再後來又變得對他們都十分冷漠，尤其是父親。最近她對母親的態度又變得跟對待一個身體有恙的老祖母一樣。

父親在她被人讚賞爲一個不尋常的小女孩時，曾爲她感到自豪，可現在女兒長大了，竟然慢慢地害怕起來。他曾經這樣談論自己的女兒，稱她像一個激進的共和黨人。

上帝才知道她像誰！膽怯讓她氣憤，愚蠢讓她惱怒，而欺騙，她則是「永遠永遠」不能饒恕。

她的嚴格是超乎一切的，甚至在祈禱時，她也不只一次地夾雜著斥責。一個人一旦失卻了她的尊敬——她下判斷是十分迅速的，往往過於迅速——那人在她心裡就永遠不再存在了。所有的印象全都深深地沉入她的心底，人生對於她，是絕不同於兒戲的。

她的家庭女教師就是受安娜委託來完成她女兒的教育的（事實上那位百無聊賴的女士幾乎從未開始過對她真正的教育）。那位教師是個俄國人，一個破產的受賄官員的女兒，畢業於一所貴族女子中學。她情感細膩，心地善良，也愛撒謊。

她一直在談戀愛，最後在一八五〇年（那年葉琳娜剛十七歲）時跟一位軍官結了婚，然後很快又被甩掉了。她特別愛好文學，自己也偶爾寫點小詩。就是她讓葉琳娜喜歡上了讀書，只是葉琳娜並不滿足於讀書。

葉琳娜打小就希望實踐，積極地渴望去做善事。她心裡時常牽掛著那些貧窮、饑餓、病弱的人，內心因此而不安，十分苦惱。就連做夢時，她都會想到他們，並且跟自己熟悉的所有人打聽那一類人。

她滿含關懷地接濟他人，內心也自然而然地莊嚴起來，有時甚至是激動萬分的。哪怕是受虐待的動物，挨餓的看門狗，瀕死的小貓，從窩裡落下來的麻雀，還有昆蟲和爬蟲，都是她保護和庇佑的對象。她會親自給牠們餵食，一點也不嫌棄它們。

母親對她的事從不干涉，父親卻因爲這些低俗的（用他的話來講）、雞毛蒜皮的小事，對母親十分惱怒。他抱怨，到處都是貓呀狗呀的，家裡甚至沒有地方可以放腳了。

「列諾奇卡[17]，」他常常對她吼，「快點，有隻蒼蠅快被蜘蛛吃了，快去營救那不幸的小蟲子吧！」

這時驚慌忐忑的列諾奇卡就跑過去解開被纏住的蠅腿，把蒼蠅放走。

「好吧，那你就讓牠咬你一口，要是你心腸真這麼好。」

對於父親的譏諷，她一向是置之不理的。

就在十歲那年，她和小乞丐卡嘉成了朋友，經常偷偷摸摸地跟她在花園裡約會，拿好吃的東西給她，還送給她一些頭巾和十戈比的銀幣，不過卡嘉不要玩具。她們並肩坐在林中蕁麻叢後面的乾泥地上，葉琳娜高興並禮貌地請卡嘉吃那些又乾又硬的麵包，聽她講故事。

卡嘉有個姨媽，是一個兇惡的老太太，常常虐待她。卡嘉對姨媽恨之入骨，常說總有一天她要離開姨媽家，去過那種只有上帝關照的日子。葉琳娜就常常直直地盯著卡嘉，滿懷著崇敬和恐懼聽著這些聞所未聞的新鮮事。

那時，卡嘉身上的一切——她黑黝的、機靈的、近似野獸般的眼睛，她被曬黑的手，她沙啞的嗓音，就連她那件破衣服——都讓葉琳娜覺得新奇，甚至是神聖。

17. 葉琳娜的愛稱。

葉琳娜回到家以後，還會久久地想著那些乞丐，想著上帝的關照，想著有一天她也會砍下一根胡桃樹棍子，背起小包，跟卡嘉一起逃走。她會戴著一頂矢車菊花冠順著大路去流浪乞討，有一次，她就看到卡嘉戴過這樣的花冠。要是這時家裡有誰走進房裡，她會迅速地躲起來，這時候她害怕別人的打擾。

有一天，正下著雨，父親看到了，就管她叫邋遢孩子、鄉下野丫頭。她被刺激得滿臉通紅，猛然間感到一陣懼怕和驚異。卡嘉喜歡唱一首有些野蠻的、當兵的唱的小曲，葉琳娜也跟她學會了，後來被安娜聽到了非常生氣。

「你從哪裡學來這些骯髒的東西？」她向自己的女兒質問。

葉琳娜只是看了一眼母親，就保持沉默了。即使讓人把自己千刀萬剮，她也絕不會把自己的秘密說出來，她心裡這麼想著，心頭充滿恐懼卻略帶甜蜜。可是，她和卡嘉的交往並沒有持續很長時間。那個可憐的女孩得了熱病，不久就死去了。

葉琳娜聽說卡嘉死了非常難過，很長一陣子，她都失眠。小乞丐朋友最後的幾句話一直在她耳邊迴蕩著，她感到那聲音正在呼喚她……許多年以後，葉琳娜的少年氣盛漸漸減弱，並迅速消失，就像積雪遮蓋下的溪水，從表面上看，似乎無聲無息，卻在內心裡苦苦掙扎，湧動著。驚慌又一次來襲，她一個女性朋友也沒有。

她和每一個到斯塔霍夫家拜訪的女孩都合不來，父母的干預從來不曾阻止過葉琳娜，從十六歲起，她基本上已經不受任何人約束了。

她任性地過著自己的生活，但也孤獨。她的靈魂就這麼孤獨地燃燒而後又熄滅，就像一隻籠中的鳥兒徒勞掙扎著，可籠子卻是不存在的，誰都束縛不了她，也沒有誰控制她，只是她自己一直在衝撞、苦惱。她永遠都看不清自己，甚至害怕自己。對於四周的一切，她似乎都感覺不到任何意義，也似乎無法理解。

「沒了愛怎麼可以活下去呢？可是又沒有誰可以去愛！」她心裡一直這樣想。而這些想法、這些體會都讓她覺得非常可怕。

十八歲時，她差點因惡性瘧疾而死掉。這病把她徹底摧毀了，她的整個機體原本是結實健康的，現在卻久久無法康復。最後，所有病都扛過去了，不過父親卻總覺得她的神經有點問題。

有時她會突然意識到，她正在憧憬著什麼，憧憬一個全俄羅斯都不會再有人去嚮往、去掛念的東西。然後她又重新安靜下來，甚至可以自嘲，接著就日復一日地過無憂無慮的日子。但是突然間，又有個異常強悍的、莫名其妙的、無法控制的東西，在她心底沒完沒了地翻騰，想拼命掙脫出來。

一陣狂風驟雨過去，那雙疲憊卻又沒飛太高的翅膀又垂落下來。不過這種衝動並沒有徒勞地出現。不管她如何極力想要不暴露心中所想的事情，她表面上的平靜仍是出賣了她奔騰動盪的靈魂深處所體驗的苦楚。父母親常常無奈地聳聳肩，吃驚之餘，也無法理解她的古怪。

在我們故事開始的那天，葉琳娜就坐在窗前，只是時間比往常稍顯久了一些，她在想別爾謝涅夫，想自己跟他所說的話，想了很多。她確實喜歡他，並且相信他的感情是溫暖的，他的意圖也是純潔的。

他從來沒有像這天晚上這樣跟她談過話。她回想著他膽怯的眼睛裡的神情，他的微笑——想著想著，自己也不禁微笑了起來，於是她陷入了沉思，卻不是在思念別爾謝涅夫了。

她在敞開的窗前凝視黑夜，目不轉睛地注視著黑暗的、低懸的蒼穹。然後她又站起身，用力把頭髮從臉上甩開，無意識地向著那片幽靜蒼穹，伸出了自己那雙裸露在外的冰涼的手臂。垂下手臂，她跪倒在床前，將臉輕輕地貼在枕頭上，雖然她拼命地壓著不住湧上心頭的感情波浪，眼眶裡仍然流出了某種奇特的、無法言明的、卻也熾熱的淚水。深夜裡，她哭了。

chapter 7

英沙洛夫

第二天正午時分，別爾謝涅夫搭著回程的馬車到了莫斯科。他要去郵局取些錢，再買些書，順帶著還想去拜訪英沙洛夫，和他談一下。

在最近一次和舒賓的談話中，他想起了要邀請英沙洛夫到自己的別墅來做客，不過他沒有立刻把他找到。他從之前的住所搬走了，想要找到他的新住所也沒那麼容易，那是在阿爾巴特街和波瓦斯卡雅街中間的一所頗難看的彼得堡式石屋的後庭院內。

別爾謝涅夫跑遍了所有骯髒狹窄的門廊，向每個看門人、路人打聽，不過一切都是徒勞。彼得堡的看門人總是盡力躲避開客人的問詢的眼光，假裝視若無睹。而莫斯科就更別提了，壓根兒沒人理睬他。只是有一個好事的裁縫，他穿了一件背心，肩頭還搭著一縷灰線，將他那張面無表情的、鬚髮凌亂的臉和臉上那隻瞎掉的眼睛從高處的透氣窗裡幽幽地伸出來。

一頭沒有角的黑山羊，俯身趴在旁邊的一個垃圾堆裡，也轉過頭來對他哀哀地咩叫了幾聲，接著更加起勁地反芻了。一個身穿寬長上衣和歪後跟皮靴的女人最終覺得別爾謝涅夫很可憐，才向他指引了英沙洛夫的房間所在。

別爾謝涅夫發現自己要找的人正在家。那房子正是從那個裁縫那裡租來的。一間寬大空曠得稱得上家徒四壁的房間，暗綠色牆面，方形窗子，屋角有一張極小的床，另一個角落裡有一個小皮沙發和一隻在天花板上懸得很高的大鳥籠子。

這只籠子以前養過一隻芙蓉鳥，英沙洛夫在別爾謝涅夫一跨進門檻的同時，就立馬過來迎接他，不過他並沒有喊一聲：「啊，是你啊！」或者「啊呀，上帝！是什麼風把你吹來啦？」也沒有說一聲「你好！」只是把他的手緊緊握住，將他引到屋裡唯一一把椅子前。

「請坐。」他說著，自己走到桌子的另一邊坐下。

「我這兒，你看見了，還沒有怎麼收拾呢，」英沙洛夫接著說，拿手指著地板上的一堆紙片和散亂的書籍，「還沒有收拾好，沒時間。」

英沙洛夫的俄語說得非常漂亮，每一個詞的發音都很標準。不過他的喉音太明顯，所以他的腔調聽起來始終不太像正統的俄羅斯人。

英沙洛夫的異國身分（他是保加利亞人）在他的外表看來很明顯。這是一位二十五歲光景的年輕人，瘦得青筋暴起，胸部凹陷，手上的骨節很粗大。他的臉部輪廓明顯，鼻骨高挺，藍黑色的頭髮剛直不曲。額頭平坦，眼睛不是很大，濃密的眉毛下是專注而深邃的目光。

當他微笑起來，你會看到從薄薄的、剛硬的、輪廓清晰的嘴唇之間露出的一口很漂亮的白牙。他穿了一件破舊卻非常整潔的上衣，鈕扣一直扣到脖子下面。

「你為什麼要搬家呢？」別爾謝涅夫問。

「這裡便宜些，離大學也更近。」

「不過現在還沒開學啊，你何必要在夏天就住進城裡呢！不如出去租一間別墅呀，反正都要搬家的。」

英沙洛夫對他這個建議不置可否，只是把煙斗遞給他，低聲說了句：「真對不起，我這香菸和雪茄都沒有。」

別爾謝涅夫也開始抽起煙斗來。

「我嘛，」他說：「在昆卓沃邊上租了一整幢小別墅。便宜又方便，而且，樓上還空出了一個房間。」

英沙洛夫沒說什麼。別爾謝涅夫則深深地吸了一口煙斗。

「我還想，」他又說，口中吐出絲絲青煙，「如果可以的話，比如找個人……就你吧，我是這麼想的……要是你願意的話……願意去那裡住我的樓上……那該多好啊！你覺得如何，德梅特里·尼卡諾維奇？」

英沙洛夫終於抬起小眼睛看向他。「你的意思是要我搬到你的別墅裡？」

「對，我的樓上有一間房子正空著。」

「非常感激，安德列，可我覺得我可能去不了。」

「爲什麼呢？」

「我要是去住別墅，就維持不了兩個住處的費用。」

「可我原本……」別爾謝涅夫正想說什麼，又停了下來，「你也沒有什麼其他的開銷，這個地方嘛，可以讓房東爲你留下，而我那邊的東西都很便宜，甚至還可以，比如，可以一起用餐。」

英沙洛夫還是沒說什麼，反倒是別爾謝涅夫顯得有些困窘了。

「不管怎樣，你抽時間到我那裡去看看吧，」他停了一下，又接著說：「在我附近住著一家人，我非常想給你引薦引薦。他們似乎有個非常了不起的女兒，你如果能認識她就好了，英沙洛夫！那裡還有一個我很親密的朋友、一位非常有才華的年輕人，我確信你和他會談得很投機的（俄羅斯人喜歡熱情地招待朋友——如果沒什麼其他的貴客，就會把跟自己熟悉的人搬出來）。真的，來吧。最好就搬到我們那裡去住。那樣我們既可以一起工作，也可以一起學習。我，你知道的，在研究歷史和哲學。你對這些也一樣感興趣，我那裡有好多書。」

英沙洛夫站了起來，慢慢在房間裡踱了幾步。

「那麼，」他問道：「你住的那別墅需要付多少錢？」

「只要一百個銀盧布。」

「一共幾間房？」

「有五間。」

「這麼算下來，每間房就是二十盧布了？」

「只是算起來嘛……不過還行，我反正也用不著那間房，它就一直空著。」

「也許吧，但是你聽我說。」英沙洛夫堅決而又坦率地搖搖頭道：「只有在這種情況下我才可以搬到你那去，如果你同意收我的房錢。二十盧布對我來說還是負擔得起的，並且，也像你說的，我在那裡還能在其他事上省下不少錢。」

「那當然。但是，我真的非常不好意思收你的房租呢。」

「只有這樣了，安德列。」

「那好，隨你的便吧，你可真是固執喲！」

英沙洛夫沒再多說什麼，只是跟他計畫起搬家的日期。他們想把房東叫過來，但房東只把自己的女兒派了來，那是一個只有七歲的小女孩，頭上還紮了一條很大的花手巾。她認真地，甚至是恐慌地把英沙洛夫跟她說的話聽完，就一聲不吭地走開了。然後是她的母親來了，那女人快要臨盆了，頭上紮著一塊相同的手巾，只是很小。英沙洛夫告訴她，自己將要搬到昆卓沃附近的別墅去住，但是希望留下這個房間，還要把自己的所有東西寄存在這裡看管。然後這個裁縫的女人也惶恐地走開了。最終房東還是親自來了，這位房東似乎早已對一切瞭若指掌，只是若有所思地喃喃道：「是昆卓附近嗎？」接著便打開房門大聲說：「那麼，房間你還要繼續留著嗎？」

英沙洛夫讓他安了心。

「那都已經說明白了呀。」裁縫仔細地重複了兩遍，也離開了。

別爾謝涅夫回到家裡，很高興自己的建議得到了採納。英沙洛夫非常有禮貌地把他送到大門外，這在俄國是稀有的。現在就剩下他一個人了，他這才小心地脫去上衣，著手整理自己的文件。

chapter
8
社會精英

也就是這天傍晚，安娜在自家客廳裡坐著，簡直想大聲哭出來。除了她，客廳裡還坐著她的丈夫和一個叫瓦蘇爾．伊凡諾維奇．斯塔霍夫的人。

那人是尼古拉．阿爾捷密耶維奇的表親叔叔，一位六十歲的退役騎兵少尉。這人胖得動彈不了，浮腫的黃臉上飄著兩隻昏昏欲睡的黃色小眼睛和兩片毫無血色的厚嘴唇。

他退役後就一直住在莫斯科，他的出身商人家的妻子留給他一筆小錢，他就依靠吃利息生活。

他沒幹過什麼事，也沒考慮過什麼事。要是思考過，也無非就是些他心知肚明而不為人知的事。他一生中只興奮過一次，並且採取了行動，就是，他在報紙上發現，倫敦世界博覽會上有一種新式樂器「低音大號」展出，就想爲自己訂購這種樂器，隨後便仔細詢問要將錢寄到何處，經過哪家事務所等。

瓦蘇爾身穿一件肥大的菸草色上衣，脖子上繫了一條白色手巾，一個勁地吃著東西，吃得很多。他只是在感到困窘的時候，或者他不得不發表某種意見的時候，他才會把他右手的手指頭抽搐似的在空中扭動幾下，先從大拇指轉到小指，再從小指轉回拇指，嘴裡費力地念著：「得要……不管怎樣，可……」

瓦蘇爾坐在窗子下面的一把圈椅裡，艱難地呼吸著空氣。尼古拉邁著大步在屋子裡不停轉悠，兩隻手在褲袋裡插著，臉上顯出極爲不滿的情緒。

最後他終於停了下來，搖了幾下頭。

「對呀，」他開口道：「我們那個時期的年輕人受的可是不同的教育，年輕人是不允許蔑視長輩的（那個「輕」字是被他從鼻子裡哼出來的，就像在說法語。）。而現在我也只有睜眼看著和吃驚的分。可能是我錯了，他們是正確的。也許吧。但是我仍然保留自己對事物的看法，我可不是個天生的大傻瓜，你覺得呢，瓦蘇爾？」

瓦蘇爾只是看了他一眼，就開始扭起了自己的手指頭。

「葉琳娜，假如，」尼古拉接著說：「對於葉琳娜，我並不是很熟悉，而對她而言，我也談不上高深。她的心胸是那麼寬廣，似乎能包容自然界的一切，就算渺小的小蟑螂或是一隻小青蛙也能容得下，反正就是包羅世間萬態，除了她的父親之外。

「呀，真好！我熟悉這一點，也就不會厚著臉皮多嘴啦。況且這裡還有什麼神經呀，知識呀，天馬行空地想入非非之類的東西，這些都是我們完全不在行的。可是舒賓先生……儘管他是個驚人的非凡的藝術家，這個我不想多說。但是他蔑視尊長，蔑視一個對他甚至還有些恩德的人。我得承認，我已經忍無可忍。我這人天生就不挑剔，從來不。不過任何事也得有個限度呀。」

安娜激動地搖了搖鈴，喚來一個小傭人。

「巴維爾怎麼還沒有來？」她問僕人，「連我也請不動他了嗎？」

尼古拉聳了聳肩。「請問你讓他來有事嗎？我壓根沒想過這個，也沒指望他能來。」

「叫他來幹什麼，尼古拉？他打攪到你了嗎？可能是影響了你治病的進程，我想要跟他說清楚。我想弄明白，他是怎麼惹到你的？」

「我再說一遍，我從來沒有要求過。再說，你是怎麼回事呀？當著下人們的面！」

安娜的臉稍稍有些紅了。「你用不著說這些話，尼古拉，我根本沒有那樣做啊。去吧，費佳什卡，去給我把巴維爾找來。」

小傭人應聲出去了。

「這完全沒有必要，」尼古拉從牙縫擠出這句話，接著又在屋子踱起步來，「我指的其實不是這個。」

「得了，他應該來跟你道個歉的。」

「得了吧，我用不著要他道歉。道歉算得了什麼？都是些廢話。」

「什麼嘛，你得好好開導他一下。」

「還是你自己去開導吧。他會更喜歡聽你的。我對他可提不出什麼意見或不滿。」

「尼古拉，你今天一來神情就有些不對。依我看，人都瘦了一圈啦，我擔心治療對你並沒什麼幫助。」

「我得繼續這個治療，」尼古拉說：「我的肝有問題。」

就在這時，舒賓走來了。他看起來很疲倦，嘴角掛著淡淡的、略帶譏諷的微笑。

「你是在找我嗎，安娜？」他問。

「對，當然是在找你。真是的，舒賓先生，的確很可怕。我對你非常不滿意。你怎麼能對尼古拉那麼失禮！」

「尼古拉在你面前抱怨我？」舒賓問道，嘴邊掛著同樣的含著譏諷的笑容，並拿眼睛瞥了瞥斯塔霍夫。而那一個則背轉過身躲著他，低著眼睛。

「對，他就抱怨了。我不清楚你在他面前做過什麼錯事，不過你現在必須道歉，他身體近來很不好，而且，我們任何人都應該尊重對自己有恩的人。」

「啊，有這樣的邏輯！」舒賓心裡想著，卻轉向斯塔霍夫。

「我願意給你道歉，尼古拉，」他恭敬地半彎著腰向他鞠了個躬，「如果我的確在什麼地方冒犯了你的話。」

「我根本……沒那意思。」尼古拉有些不悅，他像之前那樣避著舒賓的眼神，「不過，我很樂意原諒你，因爲你知道我不是個喜歡吹毛求疵的人。」

「啊，完全正確！」舒賓說：「不過我冒昧地問一下，安娜是否清楚我到底什麼地方做錯了？」

「上帝啊，不，我什麼也不知道。」安娜揚起脖子。

「啊，上帝！」尼古拉急忙跟著喊了起來，「我請求過、懇求過多少次，說了無數遍，我討厭這種種解釋和肉麻場面！好不容易回了家，打算休息一會兒——別人都說，和家人在一起是最重要的，可這裡卻總是有人爭吵，沒有一刻鐘安靜，所以沒有辦法，你只得去俱樂部，或者……隨便哪裡。人是活的，有他的生理，有生理就有生理的要求，可是這兒……」

話還沒說完，尼古拉便急匆匆地出去了，門在他身後砰的一聲重重地關上了。

安娜怔怔地望著他的背影。

「去俱樂部？」她極其痛苦地喃喃道：「你才不是去俱樂部呢，浪子！俱樂部裡才不會有人要你送的馬呢，而且還是灰色的那種！那是我最喜歡的毛色。對的，對的，一個輕浮放浪又冒失的傢伙。」

她放大了音量，接著又說：「你才沒有去俱樂部呢。但是你，舒賓先生，」她站起來，「你怎麼這麼不害臊呀，你應該也不是小孩子啦。瞧我的頭又開始疼了。卓婭呢，她在哪兒，你知道不？」

「好像在樓上，她房間裡，那隻精明的小狐狸在這樣的天氣一定又躲到自己的小窩裡去了。」

「行了，拜託你！」安娜四下找著。「你看到過我裝洋薑絲的小杯子沒有？舒賓，做點好事，以後千萬別惹我生氣啦。」

「我哪裡惹你了，親愛的姑媽？讓我來吻一下你的小手。你的洋薑絲嘛，我好像看見它在小房間的小檯子上。」

「達麗雅總是把它隨便亂放一通，然後忘得一乾二淨。」安娜說著便走開了，絲綢衣裳發出窸窸窣窣的聲響。

舒賓本想跟她一起走出去，但聽到身後瓦蘇爾發出的慢吞吞的聲響，就停了下來。

「你這個沒斷奶的小孩，這次算你得到便宜了。」退役騎兵少尉斷斷續續地說。

舒賓來到他身旁。「可為什麼我就應該受懲罰呢，尊敬的瓦蘇爾．伊凡諾維奇先生？」

「還問爲什麼？年紀小，就得學學怎麼尊敬別人，僅此而已。」

「我得尊敬誰呢？」

「還問誰？你心裡再明白不過了……別貧嘴。」

舒賓雙手交叉著放在胸前。「呀，你可是眾望所歸的講大道理的代表人，」他高聲說道：「你身上凝聚了俄羅斯黑土地上的強大無比的力量，你可是社會的精英！」

瓦蘇爾又情不自禁地扭他的手指頭。「得了，兄弟，你可千萬不要自找麻煩。」

「看吧，」舒賓接著說：「好一位貴族先生，年紀似乎不小啦，可心裡卻隱藏著多少幸福的、充滿童稚的信念啊！真是了不起！但是你這位原始的人，知道尼古拉爲什麼對我發火嗎？跟你說實話，今天整整一上午，我正和他待在他那德國婆娘那裡唱『請不要離開我呀』呢，你要是聽見就好了，你也許會感動的。

「我們唱了好久，我的天啦——唱得我都要反胃了，我才發覺不太對勁，情意濃得過分啦。然後我就開始和他們倆開玩笑，效果非常好。一開始是她生我的氣，然後又是生他的氣，接著他就對她發火，還跟她說，他只有在家裡才有幸福的感覺，家裡就像天堂一樣。她就跟他說，他這人缺德。而我只對她說了一聲『哎呀呀！』還是用德語說的。他扭頭就走了，但是我沒走，他跑這裡來了，也就是，回到天堂了，不過天堂還是讓他覺得噁心。所以他就嘮叨個沒完沒了。現在請問，你這會兒覺得是誰的錯呢？」

「那當然還是你不對。」瓦蘇爾反駁道。

舒賓把眼睛瞪著他。「恕我唐突，尊敬的騎士，」他用一種謙卑的語調說：「大人你脫口而出的這番妙語，是出於你思維中的某些想像呢，還是靈機一動產生的靈感，又或是只想要發出點兒大家稱之爲『聲響』的東西來？」

「你可千萬不要自找麻煩，就這麼一句話！」瓦蘇爾長長地哼了一聲。

舒賓笑了起來，跑出門去了。「咳！」一刻鐘後，瓦蘇爾大喊了一聲，「那麼……就給我來杯伏特加！」

傭人用托盤端來伏特加和下酒小菜。

瓦蘇爾慢慢地從托盤裡拿出一杯酒，專注地端詳了杯子很長時間。似乎他不很清楚，自己手裡到底拿著什麼東西。他看了看小傭人，問他是不是叫瓦斯卡。接著他又擺出一副悲痛欲絕的架勢，把伏特加一飲而盡，又吃了小菜，然後從衣袋裡掏出手絹。

小傭人早已經把托盤和長頸玻璃瓶拿回原處放好，又吃了剩下的鯡魚，這會兒正蜷縮著身子躺在老爺的大椅子裡睡覺。瓦蘇爾則依舊張開他的五指把手絹放在眼前，像先前那樣聚精會神地時而看向窗外，時而盯著地板和牆壁。

chapter 9 偏見

舒賓回到自己的房間，打開一本書看。尼古拉的貼身侍僕小心翼翼地走進房間，給他遞上一張不大的三角形紙條，上面還蓋著一個很大的有家族紋徽的圖案。

「我希望能像這張紙條上寫的那樣，你，一位正派的人，對於今早談及的一張付款期票將不會做出哪怕是一個字的暗示。你明白我諸方面的關係和我向來的規矩，也瞭解那筆微不足道的數目還有其他情況。還有，某些家庭隱私應該得到尊重，並且家庭安寧神聖不可侵犯，但也有人會拋棄，我沒有任何理由把你歸入這類人當中（閱後望賜還）。尼．斯。」

舒賓在下面用鉛筆回道：「不用著急，現在我還顧不上去管這些事。」

他把紙條遞給傭人後又重新拾起書來。但是書很快就從他手中滑落。他被晚霞染紅的天窗和兩棵遠離樹林的氣勢磅礴的油松吸引了，心想：「白天的松樹是藏青色的，到了晚上卻綠得那麼壯觀。」然後他就走到花園裡，心中暗暗希望，說不定能在那裡遇見葉琳娜。

他的願望果然實現了。就在不遠處，在小樹林裡彎曲的小路上，她的衣袂若隱若現。他追了上去，跟她並肩走著，並說：「請不要看向我這邊，我不配入你的眼。」

她微微瞥了一眼他，笑了一下，繼續向前走著，走到了花園深處。舒賓就一直跟在她身後。

「我求你千萬別瞧我，」他繼續說：「而我還是要跟你講話，這明顯是非常矛盾的！可是對我來說也不是第一次了。不過沒關係，現在想想，我還沒求你原諒呢，這是我該做的，對於我昨天晚上的愚蠢行為。你不會生我的氣吧，葉琳娜？」

她停了下來，沒有立刻回答他。這不是因為她在生氣，而是因為她的思想現在飄到了天邊。

「沒有啊，」她最終開口，「我一點也不生氣。」

舒賓輕輕咬了下嘴唇。

「一副憂心忡忡的樣子，偏又擺出淡然處之的模樣！」他嘴裡嘀咕著，「葉琳娜，」他抬高聲音接著說：「我想給你講個小故事。我有一個朋友，那朋友又有一個朋友，這個朋友開始倒確實是個規矩人，不過後來卻染上了酒癮。一天清早，我的朋友碰到他在一條路上走著（那時他們，注意了，已經沒有往來了），他又喝醉了。於是我的那個朋友扭頭就走。但是另一個卻主動走了過去，並說：『如果你不跟我打招呼，我可能也不會生氣，但爲什麼你要扭頭就走呢？可能，是我倒楣吧。願上帝保佑我的屍體平安！』」

然後舒賓就住嘴了。

「就這些嗎？」葉琳娜問。

「對呀，就這些。」

「可我不明白你的意思。你是想說明什麼呢？你剛才還對我說，讓我不要看你。」

「對，但是我現在想跟你說，轉身跑掉是很不好的喲。」

「但不一定我就是……」葉琳娜剛剛開口。

「但你也未必不是……」

葉琳娜的臉微微紅了，就把手遞給了舒賓。他便把她的手緊緊地握住。

「你似乎感覺到我情緒不太好了，」葉琳娜說，「但是你的懷疑很不公平。我可從沒想過要和你疏遠。」

「就算是吧，不過你不得不承認，這一分鐘裡，你腦子裡有上千種想法，但你一點也不信任我，甚至不願向我講出哪怕一種來。你看，我說得可對？」

「可能是吧。」

「那怎麼會變成這樣呢，爲什麼？」

「其實我自己也不太清楚自己的想法。」葉琳娜說。

「那你就更應該相信別人，跟別人說說。」舒賓立刻回答，「可是，讓我來告訴你，這究竟是怎麼回事？你對我有偏見。」

「偏見？」

「對，偏見。你一直認爲我身上的許多東西都是裝出來的，我是個藝術家，你就覺得我這人一事無成，你也許是對的——我幾乎沒有任何真正的、深刻的情感，就連真心實意哭一場都不會，滿口廢話、謠言——而這些都只因爲我是個藝術家。這樣說來，我們這些從事藝術工作的人是多麼不幸、愚蠢的人啊！比如說你，我敢向著上帝發誓，根本就沒把我的『懺悔』放在心上。」

「不，巴維爾，我真心地相信你的懺悔，還有你的眼淚，我也深信不疑。但是我認爲，你懺悔只是爲了自己高興而已，你的眼淚也是一樣。」

舒賓又開始哆嗦了：「這麼說來，我知道了，這就像醫生們所說的，是一種絕症。我只能認輸。但是，我的天啊！難道這是真的？難道身旁存在著這樣一個靈魂，我還會一個勁兒地和自己取樂？你知道的，你永遠猜不透這樣一個靈魂，也永遠不會知道它為什麼而憂，又為什麼而喜，它心裡裝的都是怎樣的思想，它想要什麼，希望到哪兒去……請你告訴我。」

他沉默了片刻，「無論什麼時候，無論因為什麼，你是無論如何也不可能愛上一個藝術家的吧？」

葉琳娜直視著他的雙眼。「那不可能，巴維爾，我不會那樣的。」

「我就是想要弄清楚這一點啊。」舒賓用一種滑稽又沮喪的口氣說道：「因為如此，我才不想來打擾你獨自散步，這樣對我而言會更體面些。或許某個大學教授會問你：『你是根據什麼資料說不可能的？』但是我不是教授，只是個孩子，照你的想法，人們是不會只躲著孩子不理他的喲，請你一定把我說的話記住了。再見啦，願我的靈魂得到安寧！」

葉琳娜本想留住他，不過想想還是只說出了「再見啦」。

舒賓從院子裡出來，在斯塔霍夫家別墅附近碰見了別爾謝涅夫。他低著頭急匆匆走著，帽子推到了後腦勺。

「安德列！」舒賓高聲打招呼。

他應聲停了下來。

「你繼續走吧，走吧，」舒賓接著說：「我只是叫你一聲，不會攔著你的。你只管往花園裡走吧，你可以在那兒找到葉琳娜。她好像等著你呢……總之她就是在等待一個人的出現……你知道我這話的意思吧！她在等待！你明白嗎？我的朋友，這是多麼不可思議的事啊！你可以想像，兩年了，我跟她同住在一幢房子裡，並一直愛著她，但卻是在這會兒，就在一分鐘前，我才真正看清她了。看清了她，我決定撒手。

「你別瞪我，這種假裝惡毒的眼神跟你成熟穩重的形象很不相稱！啊，好啦，我知道，你是讓我記住安奴什卡，對嗎？好啦！我記住了。你這個朋友就只記得安奴什卡！安奴什卡們和卓婭們，還有阿芙庫斯金娜．赫里斯季安諾芙娜們，萬歲！你現在就去找葉琳娜吧，而我要去找……你真以為我要去找安奴什卡？不，我的朋友，更糟些！我要找的是契古拉索夫公爵，喀山的韃靼人當中有這樣一個藝術的守護者，就像瓦爾金那種。你看到我的請柬了嗎？在鄉下我也是不得安閒啊！」

別爾謝涅夫安靜地把舒賓滔滔不絕的演講聽完了，頗有些替他感到難堪，接著他便朝斯塔霍夫別墅院子走去。

舒賓真的去找契古拉索夫公爵了。他對公爵極其親熱地說了一大堆難聽無禮的話。而那個藝術守護者哈哈大笑，客人們也同時笑了起來，但是誰也不是真的開心。

分手後，大家都各自大發了一通脾氣，就好比兩位不太熟悉的先生，在涅瓦大街上碰到了，忽然彼此咧咧嘴，再做作地眨眨眼睛、動動鼻子和腮幫子，做出要笑的樣子擦肩而過之後，又馬上擺出一副冷冷的、陰鬱的、像是痔瘡發作了的神情來。

chapter 10

悲慘命運

葉琳娜對別爾謝涅夫的接待很熱情，不過不是在花園裡，而是在客廳。兩個人幾乎在同一時刻按捺不住，又重新談起了昨天的話題。這時，只有她一個人，尼古拉已不知道悄悄溜到什麼地方去了。

安娜在樓上休息，一條濕濕的繃帶纏在她頭上。卓婭在她身邊坐著，裙子依舊被整理得整整齊齊，兩隻小手安靜地放在膝蓋上。

瓦蘇爾也正在頂樓歇息，躺在一張「催眠床」上，實際上就是個寬大舒適的沙發。

別爾謝涅夫又重新提起了他的父親，他把對父親的記憶看作是神聖的，我們現在就來說一些有關他父親的故事。

他父親是八十二個農奴的主人（那些農奴在他死前全都獲得了自由）、明燈派分子[18]、哥廷根大學生、論文手稿《精神在世界上的顯現與成形》的第一作者（這部手稿中，謝林主義、斯威登堡主義[20]和共和主義以非常獨特的形式合在一起）——別爾謝涅夫的父親，當別爾謝涅夫還是個孩子時，父親就把他帶到莫斯科，那時他失去了自己的母親，是這位父親一力承擔了教育孩子的重任。

他精心準備了每一節課，卻總是徒勞無功。他是個喜歡做夢的人、一個書呆子兼神秘主義者，他話音沉悶，表達上也隱晦不清，有許多比喻。不過在他十分喜愛的兒子面前他是會害羞的。因此，他兒子一直對著功課呆坐著而全然不知所措，成績無法提高也就不足為奇了。

後來老人（他結婚很晚，那時已差不多五十歲了）終於覺察到事情不大對勁，於是就把他心愛的兒子送到了寄宿學校。兒子從此開始了他的校園學習生涯，不過卻一直未能擺脫父親的監督。父親總是來探望他，用許多他自己的教誨和談話來煩擾校長。就連學監[21]們也對這位不請自來的客人傷透了腦筋。

---

18. 一種宗教組織成員。
19. 哥廷根為十八世紀德國狂飆突進運動中心。
20. 斯威登堡（一六八八—一七九二），瑞典自然科學家和精神學家。
21. 舊俄學校每班設監督人，稱學監。

他會時不時地給他們帶些在他們看來是天方夜譚般的教育著作。就連學生們見到老人那黑黑的麻臉，還有整年裹在又緊又窄又不合身的灰色燕尾服裡的身影時，也漸漸地開始彆扭起來。

當時的學生怎麼也不會想到，這位面色凝重、不苟言笑、鶴步長鼻的先生把他們每個人都當成親生兒子一樣牽掛在心上。有一天，他突然想跟學生們聊華盛頓。「年輕的孩子們！」他開口了，可一聽到他那古怪的話音，年輕的學生們就四處逃散了。

事實上這位虔誠的哥廷根大學生的日子過得並不十分舒心，歷史發展和各式各樣的困惑總是讓他心情抑鬱。就在小別爾謝涅夫走進大學以後，他還是一如既往地與他一同去聽講，不過那時他也感到有些心有餘而力不足了。

一八四八年的事情[22]從根本上撼動了他（他必須把整本書重新寫一遍）。他在一八五三年的冬天去世，沒有等到兒子大學畢業。不過他提前為兒子取得學位而祝賀過了，並希望他能夠終身從事科學研究。「我將把火炬傳遞到你手裡，」他在臨終前的兩小時裡對兒子說：「我曾用盡所有力氣舉起過它，你也要承諾至死也不放

22. 指法國大革命及其以後的歐洲一連串政治變動。

下它。」

別爾謝涅夫經常和葉琳娜聊自己的爸爸，聊了很久。他在她面前所感到的拘束感似乎一下子全都變得模糊不清了。他那幾處發音上的混淆也不那麼嚴重了。談話又轉到了大學的事。

「請你告訴我，」葉琳娜問：「在你的大學同學中有很出色的人物嗎？」

別爾謝涅夫忽然想到了舒賓說過的話來。

「沒，葉琳娜，說實話，我們當中的確未曾有過一個出類拔萃的人物，可哪兒會有呢？我聽說以前的莫斯科大學很了不起！但現在那只是一所小學而已，不是什麼大學了！我跟同學們在一起的時候總會覺得很難受。」他最後低聲補了一句。

「很難受？」葉琳娜低聲說。

「不過，」別爾謝涅夫接著說：「我還是有一點保留的，我知道一個學生，對的，他還跟我同專業的呢，那才是一位真正優秀的人才。」

「他叫什麼名字？」葉琳娜滿心歡喜地追問。

「叫英沙洛夫．德梅特里．尼卡諾維奇。他是個外國人，保加利亞來的。」

「不是俄國人嗎？」

「是呀，不是俄國的。」

「那他為什麼會住在莫斯科？」

「他是到這兒來念書學習的。你知道他學習的目的嗎？就只有一個目標，就是解放他的祖國。他的經歷也非常坎坷。父親是一個非常富裕的商人，出生在德爾諾夫，那兒現在雖然只是個中等的小城鎮，但曾經也是保加利亞的首府呢！那時候的保加利亞還是個自主獨立的國家。他那時在索菲亞經商，跟俄國有些來往。他的姐姐，也就是英沙洛夫的親姑姑，現在還住在基輔呢，她跟那兒一所中學的歷史教師結了婚。一八三五年，也就是十八年前，令人恐怖的事情發生了——英沙洛夫的母親突然銷聲匿跡，一個星期後發現被人殺害了。」

葉琳娜禁不住全身顫抖了一下，別爾謝涅夫立馬停止了這個話題。

「往下說，繼續說下去！」她說。

「聽說她是被一個土耳其的惡徒先姦後殺的。後來英沙洛夫的父親知道了真相，便日夜想著報仇，可是他最終也只是用匕首刺傷了那個壞蛋，而他自己卻因此被槍斃了。」

「被槍斃？都沒有經過審訊嗎？」

「對呀。那時的英沙洛夫才八歲，然後鄰居們共同收養了他。他姑姑聽說了這件事情以後，就想收養侄兒，所以大家就把英沙洛夫送到了奧德薩，然後又從那裡直接送去了基輔。他在基輔過了整整十二年，所以他的俄語講得非常棒。」

「他還會講俄語？」

「跟你我講得一樣好呢，剛到二十歲的時候（就是一八四八年初），他就十分想回國。他去過索菲亞和德爾諾夫，幾乎把整個保加利亞都走了個遍。他在那地方過了兩年，又重新學習自己祖國的語言。土耳其政府也曾經對他實施過迫害，那兩年時間裡，他一定經歷了許多大風大浪。我有一次看見他脖子上有一道寬寬的傷疤，那肯定是刀痕，可是他不喜歡談論這個。

「他一直保持著他特有的沉默，不過我還是試圖問過他一些事情，可他什麼也沒說。他會用一些十分平淡的話來回答你，有時總是固執得可怕。他一八五〇年又一次來到俄國，來到了莫斯科，他想要重新接受完整的教育，想接近俄國人，然後，就等大學畢業了……」

「畢業了又怎樣呢？」葉琳娜打斷了他的話。

「那得看上帝的安排了，預測未來從來都是件很困難的事。」

葉琳娜久久地盯著別爾謝涅夫，一動也不動。

「我覺得你的故事很有趣，」她說：「他是什麼樣子呢，你這位朋友，你是怎麼稱呼他呀……英沙洛夫？」

「該怎麼給你形容呢？我覺得還不錯，過些天你就會見到他的。」

「為什麼？」

「我會把他帶到這兒來，拜訪一下你。他後天就會搬到我們村子裡來，就跟我住在同一幢房子裡。」

「真的？那他會答應到我們家來做客嗎？」

「有什麼理由不答應呢？他一定會感到非常榮幸的。」

「他會不會很高傲？」

「他從來不這樣。其實他也是很驕傲的，但是並不是你心中所理解的那種意思。比如說，他從來不會跟別人借錢。」

「那他窮嗎？」

「是的，他並不富裕。回保加利亞的時候，他接手了父親產業中剩餘的一些零碎的財產，姑媽也曾接濟過他一些，但是所有的加起來也沒多少。」

「他的個性一定很特別吧。」葉琳娜說。

「他是個有著鋼鐵般性格的人，但同時你也能發現，他身上有一種孩子般真誠純潔的東西。即使他一直專心致志地隱藏著自己的行動。但說實話，他的真誠與我們這種廉價的真誠是迥然不同的，不是我們這種無所隱藏的人的虛偽真誠，等你見到了他，就知道了。」

「他應該也不會害羞吧？」葉琳娜小心地詢問。

「是，他也從不羞怯。事實上，也只有那些愛面子的人才會羞怯。」

「這麼說，你是愛面子的了？」

別爾謝涅夫被問得一下子不知所措了，只好聳聳肩。

「你引起了我的好奇心呢！」葉琳娜接著說：「呀，你說，他有沒有向那個土耳其的壞蛋報復？」

別爾謝涅夫微微笑了一下。「復仇只是小說裡的橋段，葉琳娜，十二年了，那個壞蛋可能早就死了。」

「但是關於這部分，英沙洛夫先生就從來沒對你說過嗎？」

「沒有。」

「那他爲什麼要去索菲亞呢？」

「他的父親以前在那兒住過呀。」

葉琳娜沉思片刻：「他的志願是解放自己的祖國！」然後低聲自言自語，「這話聽起來也夠豪壯的，他該有多偉大……」

正在此時，安娜出現了，談話也就此結束。

當天晚上，別爾謝涅夫回到家的時候，心裡纏繞了一些很奇怪的想法，並觸動著他的心。他並不是後悔自己向葉琳娜介紹了英沙洛夫。他認爲這個年輕保加利亞人的事會在葉琳娜心裡留下非常深刻的印象，其實是很自然的事，這也正是他自己極力去加深的！

可是，一種說不出的陰暗的情感卻悄悄地注進了他的心裡，使他陷入一種卑劣的憂愁當中。但是這種憂愁還是沒有妨礙他去拿《霍亨斯托芬家族史》來，然後他從昨晚停下的那一頁上接著讀下去。

chapter 11

新室友

兩天後，英沙洛夫應邀帶了行李來到別爾謝涅夫的住處。他沒有一個傭人，也無需傭人的幫助，便自己把自己的房間收拾整齊了，並放好了傢俱，擦完灰塵，還把地板擦了。

他費了好大勁也沒辦法把一張寫字檯安置在角落裡，不過他最終還是以他特有的沉默的毅力把它放好了。

一切準備妥當，他就請別爾謝涅夫收下他的十個盧布，然後拿起一根粗木棒，出門巡視新屋的環境去了。三小時後他才回來，別爾謝涅夫邀請他一起吃些東西。他則表示，自己今天很願意跟他吃頓飯，但他已經跟女房東說好了，以後都在她那兒吃飯。

「這怎麼行？」別爾謝涅夫不贊同，「那樣你肯定吃不到什麼好東西，那個老太婆一點兒也不會燒飯。你為什麼不跟我一起吃呢？我們可以各自付帳呀。」

「我的條件不允許我跟你吃一樣的東西。」英沙洛夫平和地笑了笑。

這個微笑中似乎含著某種不容對方再堅持的意味，別爾謝涅夫也就沒堅持。飯後他又邀請英沙洛夫跟他一起到斯塔霍夫家去，可是英沙洛夫卻說想要利用這個晚上的時間寫信給保加利亞的朋友們，想把造訪斯塔霍夫家推遲到第二天。

別爾謝涅夫早就知道英沙洛夫這人心意決絕，可直到今天，跟他住在同一幢房子後，他才真正明白，英沙洛夫是絕不會改變自己的任何一個決定的，同樣，他也從不背棄自己的任何一個諾言。

別爾謝涅夫是個道地的俄國人，英沙洛夫這種比德國人更嚴重的認真，剛開始讓他覺得有幾分無法接受，甚至還有些滑稽，不過他很快便習慣了，後來甚至還覺得即便這種習慣談不上值得敬重，不過它還是給彼此帶來方便。

第二天清早，英沙洛夫四點鐘就起床了，幾乎跑遍了整個昆卓沃，他在河裡洗了個澡，然後回家喝了一杯冷牛奶，便開始一天的工作。

他的工作繁多，要學俄國史、法律、政治經濟學，還要翻譯保加利亞歌曲、編年史，並搜集有關東方問題的資料，為保加利亞人編寫俄語語法，為俄國人編修保加利亞語語法。

別爾謝涅夫沒事的時候也會去他那兒，跟他聊費爾巴哈[23]。英沙洛夫只是仔細地聽他談話，幾乎不表態，不過他提出的意見卻都很有分量。從他的意見中可以發現，他非常想搞清楚他是不是一定得研究費爾巴哈或者是繞過他。

後來別爾謝涅夫便把話題轉到英沙洛夫的工作上，問他能不能拿出一些東西來給他看看。英沙洛夫便真的給他念了兩三首他翻譯的保加利亞歌謠，並希望能得到他的意見。

別爾謝涅夫覺得譯得很準確，只是缺乏生動化，英沙洛夫也認真記下了他的意見。別爾謝涅夫從歌謠又談到保加利亞目前的狀況，這是他第一次發現每當提到祖國，英沙洛夫的身上就會發生一些變化，比如臉紅，或者嗓門提高了！他整個人也似乎煥然一新，勇往直前地奔跑著，嘴唇的弧線也顯得更加剛毅，百折不撓，眼睛深處釋放出一種深邃的、不可摧滅的火光。

英沙洛夫不願意多談自己回國後的事，卻很樂於跟別人分享一些保加利亞的其他情況。他通常會侃侃而談，談土耳其人，談他們對保加利亞的壓迫，談祖國的同胞受

23. 費爾巴哈（一八〇四—一八七二），德國哲學家。

苦的日子，談他們心中的願望。從他的言辭中，能滲透出一種專注的、醞釀已久的激情，還有對此做出的專心致志的思考。

「也許，」這時別爾謝涅夫暗地裡想，「那個土耳其的壞蛋，也許已經還清了殺死他父母親的血債。」

話音未落，房門就開了，正是舒賓。他隨便得有些過分地走進房來，別爾謝涅夫太瞭解他了，因此立刻知道這其中肯定有什麼事讓他不舒心了。

「我就不客氣了，先自我介紹一下，」他臉上的表情愉快而爽朗，「我叫舒賓，是這個人的朋友。」他指了指別爾謝涅夫，「你一定就是英沙洛夫先生吧？」

「對，我就是英沙洛夫。」

「握個手吧，就算是認識了吧。我不知道別爾謝涅夫有沒有跟你談起過我，可他跟我說過好多關於你的事呢。你就搬到這兒住下了？太好啦！我這麼看你，請別介意，我的職業是雕塑家，我在想，也許不久以後，我就會來雕塑你的頭像。」

「我的頭可以給你隨便使用。」英沙洛夫說。

「咱們今天做什麼呢？」舒賓問道，然後坐進一把矮椅子裡，兩隻手在張開的膝蓋上撐著，「安德列，今日閣下有何計畫？這麼好的天氣，還有草垛子和枯萎的草莓秧子上的氣味好美啊！彷彿一杯沁人心脾的香茶。應該想出些好點子來。咱們帶昆卓沃這位新居民去領略一下這兒豐富多彩的美景吧。」

「他的確有些不高興。」別爾謝涅夫暗暗想著。

「啊，你爲什麼不出聲，別爾謝涅夫，請張開你的尊口吧。給咱們提點建議，好嗎？」

「我說不出什麼建議。」別爾謝涅夫說：「不知道英沙洛夫有什麼打算，他好像要準備工作啦。你準備開始工作了？」他的鼻子哼哼著。

「不是的，」英沙洛夫答道：「今天我就是爲散步來的。」

「啊哈！」舒賓說：「那太好啦！好了，安德列，在你聰明的腦袋上扣頂帽子吧，咱們走到哪兒就看到哪兒。我們的眼睛都非常年輕——可以看很遠呢！我知道一個糟到極點的小酒店，我們可以在那兒吃上一頓又髒又臭的飯菜，並且會感覺非常愉快的。咱們快出門吧。」

半小時後，他們三個人便真的沿著莫斯科河向前走去。

英沙洛夫戴了一頂非常罕見的長耳朵便帽，猛地一看，舒賓不自覺地發出了一陣不太自然的狂喜。英沙洛夫邁著不慌不忙的步子，平靜地觀望著四周，呼吸著，笑著。他準備把這天都用來放鬆，所以盡情地享受著它。

「中規中矩的小學生禮拜天就是這樣出來散步玩的。」舒賓在別爾謝涅夫身邊輕輕地說。

他只顧著自己消遣，在前面跑著，要麼模仿著名雕像的姿勢站著不動，又或者在草地上打滾。這些都源於英沙洛夫的安靜，那安靜雖然不能說是激怒了他，卻直接促使他故意做出了這些醜態。

「你怎麼這麼坐立不安呀，法國人！」別爾謝涅夫多次提醒他。

「是呀，我是法國人呢，是半個法國人，」舒賓回答，「但你呢？你就像是飯店茶房常對我提起的那種人，徘徊在幽默與嚴肅之間。」

轉過彎，三個人離開了河岸，沿一條狹長的低溝向前走去。兩旁立著的是高高揚起的金色的裸麥，一抹淡淡的陰影投在它們身上。燦爛的陽光彷彿從麥穗的頂端溜過似的，雲雀在歡快地唱歌，鵪鶉也在啼叫，芳草綠如茵。暖風輕拂，掀起青草的葉片，撫弄著小花兒的花瓣。

他們在散步中休息，閒聊了好一陣子，舒賓甚至還抓來一個過路的掉了牙的老農，想要跟他玩跳背，不管舒賓怎麼擺佈他，那老人也只是發笑。

最後他們終於到了那家所謂的「又髒又臭」的小酒店，還差點被僕役們撞倒在地，也不出意外地吃了一頓十分糟糕的飯食，酒是一種在巴爾幹以外的地區生產的葡萄酒。

一切正如舒賓所預料，但這都沒有妨礙他們盡情地享樂。舒賓比誰都鬧得歡，卻也比誰都感到不盡興，他爲那位他不甚瞭解但卻偉大的維涅林[24]的健康而乾杯，爲似乎是生存於亞當時代的保加利亞帝王克魯姆·赫魯姆乾杯，最後爲赫魯姆的健康乾杯。

「應該是九世紀。」英沙洛夫糾正他。

「是九世紀嗎？」舒賓禁不住喊了一聲，「噢，那時有多幸福啊！」

別爾謝涅夫發現，舒賓總是在他那些淘氣、頑皮和調笑之中，有意無意地試探著英沙洛夫，好像是在試探他的深淺，但他自己內心又很動盪，反而是英沙洛夫一直表現得平靜大方。

最後，他們回到了家裡，換了衣服後，爲了不打斷清晨的興致，就決定在晚上去斯塔霍夫家做客。舒賓於是提前跑過去告知了他們的到來。

24. 維涅林（一八〇二—一八三九），俄國的保加利亞研究家。

chapter 12

情愫

「英雄英沙洛夫即將駕臨！」他煞有介事地邊高喊著，邊走進了斯塔霍夫家的客廳，這時只有葉琳娜跟卓婭在那裡。

「發生了什麼事？」卓婭用德語詢問。在遇到突發狀況時，她總會說母語。葉琳娜則平靜地坐起來。舒賓唇邊掛著戲謔淺笑凝視著她。她對此有些慍怒，但是她卻默不作聲。

「你聽到了嗎，」他又重複了一遍，「我的朋友英沙洛夫先生到這兒來啦。」

「聽到了，」她說：「也聽到了你對他的稱呼。你真奇怪，真的。英沙洛夫先生還沒出現，你就覺得有必要這麼急著出他的洋相了。」

舒賓立刻變得沮喪了。

「你說得對，你總是都是對的！葉琳娜，」他低聲說：「可我也就這麼一說而已。我這一天都跟他和別爾謝涅夫在一起遊玩，我向你保證他是個出色的人物。」

「我並不想知道這些。」葉琳娜站起身說。

「英沙洛夫先生是個年輕人嗎？」卓婭問。

「他才一百四十四歲而已。」舒賓憤憤地說。

傭人才剛通報兩位朋友已經到了，他們就走到了屋裡。別爾謝涅夫把英沙洛夫正式介紹給了大家，葉琳娜邀請他們坐下，隨後自己也坐了下來。卓婭則是上樓去了——她得去向安娜彙報一下。

談話一開始也難逃一般初次見面的寒暄。舒賓在角落裡坐著默默地觀望著，可有什麼可看的呢。他在葉琳娜臉上發現了一絲壓抑著的不滿，僅此而已。他又望了望別爾謝涅夫，再望望英沙洛夫，從一個職業雕塑家的視角比較著他們的臉型。

「他倆都不漂亮，」他暗忖，「保加利亞人有一副特有的適合雕塑的面孔，看這張臉多有光彩啊。大多數俄羅斯人的面孔則較爲適宜繪畫，雖然沒有線條，但表情是很明顯的。看來，這兩個都可以去愛，她還沒有開始愛他們其中的誰，但她是會愛上別爾謝涅夫的。」

他就在內心裡這樣評判著。

當安娜出現在客廳的時候，談話就馬上完全轉變為一種別墅式的了，真正別墅式就不再是所謂鄉村式的。

從話題的涉獵範圍來看，這是一場精彩紛呈的談話，只是每隔三分鐘就會有一次短暫的、相當安靜的間歇。在某個間歇中，安娜轉身看了一眼卓婭。舒賓明白她在暗示什麼，做了個鬼臉，卓婭則乖乖地坐到鋼琴前，開始了彈唱，表演起她的小才藝。

瓦蘇爾在門口露了個臉，只晃了晃手指頭便溜之大吉了。大家又喝了茶，隨即就全都到花園散步去了。再後來天色漸黑，客人們也就告辭了。

英沙洛夫給葉琳娜留下的印象，實際上比她所期望的要淺顯，說得更精確些，不是她心中所期望的印象。她喜歡他的坦誠與不拘小節，也喜歡他的長相，可是英沙洛夫全身上下所透露出的那份平靜的堅定和平凡的單純，總跟別爾謝涅夫向她描述的形象不大符合。

就連葉琳娜自己也沒想到，期待會給她帶來某些更加「命中註定的」情愫。可是，她想：「他今天的話不多，應該怪我沒積極地去追問他呀！下一次便不會這樣了。可他的眼睛的確是充滿了表情與誠實啊。」她覺得，她並不想對他卑躬屈膝，只是想向他伸出朋友之手。

她迷惑了，因爲她心中想像的像英沙洛夫這樣的「英雄」不該如此。這「英雄」二字讓她不禁想起了舒賓說過的話，於是已經躺上床的她，又開始生氣了。

「你認爲這幾位新朋友怎麼樣？你喜歡他們嗎？」回家的途中，別爾謝涅夫向英沙洛夫詢問。

「很喜歡呀，」英沙洛夫說：「尤其是那個女孩，她一定是個很出色的姑娘。她太容易激動了，但這對她來說恰到好處。」

「以後就多去他們那兒走走。」別爾謝涅夫說。

「是，是應該去的。」英沙洛夫說，接著便一路無話，他一到家就馬上插上了房門，而他房裡的燭光亮了一個通宵。

別爾謝涅夫還來不及讀完一頁《羅美爾》，就發現一把細沙擲在他的窗玻璃上，他禁不住身子一顫，打開窗戶看見的卻是舒賓，臉色蒼白得像白紙一樣。

「你太奇怪了！你是屬夜貓子的嗎？」別爾謝涅夫說。

「噓！」舒賓示意他噤聲，「我是偷偷來找你的，就像馬克斯要去同阿卡塔[25]約

25. 德國作曲家韋伯的歌劇《神射手》中的兩個主角。

會，我得跟你說兩句心裡話。」

「那你就進來呀。」

「不了，不用了，」舒賓沒有動，只是把手肘支在窗臺上，「這樣更有意思，就像是在西班牙。我要先祝賀你！你的身價已經今非昔比啦，而那位不可一世的人物卻是一敗塗地了，這我可以在你面前保證。不過爲了向你證明我的大公無私，你聽好了，這是對英沙洛夫先生的鑑定表，沒有才能，沒有詩意，執行能力強，記憶力很好，智力平平，還算敏捷健全，乏味、強壯，在談到乏味至極的保加利亞的時候，他能表現出一些語言天賦，對嗎？你說，我是不是很公正？

「還有，你們兩個永遠也不會成爲莫逆之交，他是不會跟任何人發展這份交情的，我作爲一個偉大的藝術家會招來他的討厭！但我反而爲此驕傲。乏味，乏味，但他能把我們全都輾成粉末。他跟他那故鄉可是綁在一起的，跟我們這些空瓦罐子不一樣——只會拍人民的馬屁。生命之源啊，請灌溉我們的心靈吧！不過他的任務也很輕鬆明白，只要趕走土耳其人，就算大功告成啦！謝天謝地，所有這些品質，都是令女人討厭的，簡直缺乏魅力和誘惑力，跟你我的品質大相徑庭。」

「你怎麼把我也扯進去了？」別爾謝涅夫低聲抱怨，「你說的那些話完全是謬論。他一點也不討厭你，他的同胞是互融互通的，這點我知道。」

「這是另一回事！對他們而言，他是一個英雄。可老實說，我對英雄卻有著另一番見解，英雄就不該說『人』話，應該像牛一樣會吼叫，犄角一晃就把房屋撞塌。而他自己根本不需要知道爲什麼要晃犄角，但就是得晃。當然了，當今時代需要的可能就是另一種規格的英雄。」

「你對英沙洛夫這麼感興趣嗎？」別爾謝涅夫問：「你不會就是爲了給我分析他的個性才跑我這兒來的吧？」

「我到這兒來，主要是因爲我在屋子裡快悶死了。」

「怎麼了？你該不會又要哭了吧？」

「你儘管笑吧！我來找你，是因爲我恨不得把自己咬死，絕望正在啃噬我的心，我煩惱，我嫉妒。」

「嫉妒？你嫉妒誰？」

「你啊，還有他，我嫉妒你們所有人。我很苦惱，一想到我如果可以早一些瞭解她，或許我有辦法做到……可這些都是空話！我依然只會不停地傻笑，裝傻瓜，出洋相！也許就該像她說的那樣，我乾脆去上吊算了。」

「上吊？不可能，你絕對不可能去上吊的。」別爾謝涅夫很篤定地說。

「的確，在這麼美的夜晚，我是絕對不可能去上吊的，好歹咱們也得活到秋天呀。可是在這樣美好的夜晚，也有人會死去，但是那是死於幸福。啊，幸福啊！此刻每一根樹枝投到路上的影子彷彿都在輕輕地這樣說：『我早就知道幸福在哪兒，但我就是不說出來。』我本來想邀你去散步的，可你這會兒也沒什麼興致[26]。去睡吧！但願你能夢到許多數字！啊！我的靈魂幾乎殘破不堪。先生們，你們看見一個人笑了，那麼你們就認爲他心裡一定很快活，你們就自以爲是地證明他的快活——換句話說，證明他並不覺得到痛苦，願上帝保佑你們！」

說完，舒賓便從窗下匆匆走開了。

「安奴什卡！」別爾謝涅夫想大聲把他叫住，結果還是忍住了。舒賓確實有些恍惚。不一會兒，別爾謝涅夫甚至聽到一陣似有似無的啜泣聲。

他起身打開窗戶，外面一片寧靜。只是在遠處，可能是某個過路的農夫吧，高昂著脖子在唱著《摩文多克的草原》。

26. 原文為「處於散文的影響下」，意思是心態平庸，單調乏味。

chapter 13 行蹤成謎

英沙洛夫搬到昆卓沃兩周以來，他對斯塔霍夫家的拜訪不超過四次或五次。別爾謝涅夫則是隔一天拜訪一次。葉琳娜見到他的時候總是非常高興，總是跟他談笑風生。但即使這樣，每次他回家的時候，還是滿面愁容。

舒賓幾乎從沒露過面，他正在瘋狂地搞自己的藝術，要麼在自己房間裡閉門思索，要麼穿著沾滿黏土的工作服出門，要麼就到莫斯科待上幾天，他在那邊有一間工作室，可以跟模特兒和義大利的造型工，以及他的朋友和教師們會面。

葉琳娜也沒如她所願跟英沙洛夫談過一次話。他沒來的時候，她準備了許多事情想問他，可等到他來了以後，她又爲自己的準備而感到羞澀。英沙洛夫的泰然自若令她感到迷惘，她覺得自己沒有權利去逼問他的心聲，所以她最後決定等待。

但同時，她也覺得隨著他的一次次到訪，無論他們之間交談的內容有多麼無關緊要，他都在一點一點地吸引著她的注意力，只可惜她一直沒機會跟他單獨相處。

要接近一個人，哪怕只是一次，也必須得與他單獨相處並交談，她和別爾謝涅夫聊過許多有關他的話題。別爾謝涅夫知道英沙洛夫引起了葉琳娜的興趣，他很欣慰他的朋友沒有如舒賓斷言的一敗塗地，他便熱情又無所不至地向她描述了他所知道的關於英沙洛夫的一切事情（一般情況下，當我們想要取悅某人的時候，就會在聊天中把自己的朋友頌揚一番，幾乎從來沒意識到，我們這樣做的同時也是在誇我們自己），只是有時候，看到葉琳娜泛白的面頰微微發紅，大大的眼睛放出光彩的時候，那種早已萌生的卑微的憂愁才會壓抑在他心頭。

有一次，別爾謝涅夫到斯塔霍夫家去，與以往的時間不同，這次是上午十一點，客廳裡遇見了葉琳娜。

「你能想像嗎，」他勉強擠出一絲笑容，「我們的英沙洛夫失蹤啦。」

「怎麼會不知到哪裡去了呢？」葉琳娜說。

「就是消失了。前天黃昏就走了，直到現在也沒出現過。」

「他沒告訴你他去哪兒了嗎？」

「沒。」

葉琳娜頹然地坐在椅子上。

「他也許是去莫斯科了。」她喃喃自語，極力裝出毫不關心的樣子，同時又為自己極力裝出的漠然感到詫異。這是怎麼了，我為什麼會這樣？他離開是因為我的關係嗎？啊！我不能讓別爾謝涅夫看出我的失態。

別爾謝涅夫可能察覺到了，或許是出於憐愛，連忙說：「我認為沒有，」他補充說：「他並不是一個人走的。」

「那是跟誰一起走的呢？」

「就在前天，晚飯以前，有兩個人來了，可能是他的同鄉。」

「是保加利亞人？你怎麼會想這些？」

「因為我好像聽見他們在用一種陌生的語言交流，好像一種斯拉夫語言，你一直以為，英沙洛夫身上有一種非常真誠的東西，可又有什麼事情比這更神秘呢？你想，他們一進門就大喊大嚷，而且還吵得那麼厲害，他也在大叫。」

「他也大叫？」

「是的，他也叫了，他們好像吵起來了。他們好像是在互相抱怨。你要是能看見這些到訪的人就好了！黑臉膛，高顴骨，面無表情，鷹鉤鼻子，四十歲左右，衣衫不整，一身的灰塵和汗臭，看樣子都是市井無賴之徒……也不像工匠，更不像紳士，天知道都是些什麼人！」

「那他就是跟這些人一起走的嗎？」

「是的，是跟他們走的。他們在一起吃了飯，就離開了，房東太太跟我說，那兩個人把這一大鍋的粥全吃光了。她還說，他們吃東西的時候跟餓狼似的。」

葉琳娜微微笑了笑。「你會知道的，」她小聲說：「以後這些事一挑明，就會水落石出的。」

「上帝！只是你說這話可是無憑無據啊。英沙洛夫身上沒有一點兒平常的東西，即使舒賓曾認爲……」

「舒賓！」葉琳娜一把拉住他，聳聳肩。「你不是說這兩位先生像餓狼似的吃粥嗎？」

「費米斯托克在薩拉明斯大戰的前夕也是像那樣吃東西的啊[27]。」別爾謝涅夫微笑地指明。

「是呀，畢竟第二天就要上戰場了，但是你，無論怎樣，他一回來就請立刻通知我。」葉琳娜接著說，她想轉到其他話題上去，可就是進行得有些不順當。

27. 西元前五世紀，雅典統帥費米斯托克曾大敗波斯軍隊於薩拉明斯島。

卓婭走了過來，她踮著腳後跟在屋裡輕輕地走來走去，表示安娜還沒醒來。

別爾謝涅夫走了。當天傍晚，他給葉琳娜送來一張紙條。

「他回來了，」他寫道：「皮膚曬黑了些，風塵僕僕，但我還是不知道他去哪兒了，做了什麼。你能幫忙打聽一下嗎？」

「打聽一下？」葉琳娜喃喃自語，「難道他就會告訴我？」

chapter
14
初次坦白

第二天下午，葉琳娜正站在花園裡一隻小狗的窩前。她家裡養著兩隻小看門狗，是花匠在籬笆下發現後收下送給小姐的。因爲他曾聽洗衣婆說過，小姐對小貓小狗都很憐惜。

他預料得果然準確，葉琳娜賞給了他二十五戈比。

她盯著狗舍看了看，知道小狗還健康，活蹦亂跳。她給牠們墊上新鮮的麥草，當她轉過身的時候，驚訝得差點喊出聲來——林蔭道上正有個人朝她走來，是英沙洛夫，就他一人。

「你好呀。」他說著走近她，一邊把有遮簷的便帽摘下。她發現這三天裡他曬得很黑。

「我本想和安德列一起來的，可他有點事情耽擱了，於是我就獨自前來拜訪了。你們家沒有人，好像都睡著了，也可能散步去了，所以我就不知不覺地走到這兒來了。」

「你不用道歉，」葉琳娜說：「我們都十分高興能再見到你。我們去樹蔭底下的小凳上坐會兒吧。」

她坐下了，英沙洛夫順勢坐在她身旁。

「你這段時間好像不在家？」她先開口。

「是，」他沒有隱瞞，「我外出了，是安德列告訴你的吧？」

英沙洛夫抬頭看了看她，微笑一下，兩手把那帶著遮簷的小帽子抓了抓。他很快地眨了一下眼，微微笑著，嘴唇向前突出，這神情顯得十分和善。

「安德列或許跟你說了，我是跟幾個不太像樣的人走的。」他說話時仍然保持著微笑。

葉琳娜有些驚訝，可她還是覺得應該對英沙洛夫保持坦誠。「是。」她平靜地說。

「那你是怎麼看我這個人的呢？」他突然問。

葉琳娜抬頭看著他。「我覺得，」她輕聲說：「我一直都這麼想，你總是清楚你自己在做什麼，你不會去做不好的事情的。」

「啊，就爲這我就該謝謝你。其實是這樣的，葉琳娜，」他娓娓道來，彷彿爲了表達信任，又向她靠近了一點兒，「我們在這裡有一個小組織，當中有一些人是沒接受過什麼教育的，可他們全都堅定地準備爲一個共同的事業而獻身。可惜的是，我們無法避免爭吵，至於我，他們都瞭解，也都很相信我，所以就找我去調解一樁爭端，然後我就去了。」

「離這裡遠嗎？」

「我走了六十多俄里[28]才到特羅伊茨基鎮。我們在那邊修道院附近也有人，總算沒有白費工夫，最後把事情解決了。」

「這事難辦嗎？」

「很難辦。有一個人一直不聽勸解，不願意交錢出來。」

「什麼？是爲了錢？」

「是呀，也不是很多錢。那你認爲會是什麼事？」

「你就爲了這種小事步行六十里路？花了三天的時間？」

28. 俄制長度單位，一俄里等於一點零六六八公里。

「這不是小事。葉琳娜，既然團結了自己的鄉親們，這時候推辭不去是很罪過的。我見你連幾隻小狗都不忍心傷害，這是我很敬佩你的地方。至於你說我浪費些時間嘛，這算不了什麼，以後總能補回來的，我們的時間不只是屬於我們自己的。」

「那還是誰的？」

「是所有需要我們幫助的人的呀，我將這些和盤托出，是因爲我十分重視你的意見。我知道，你聽了安德列的話，一定會十分驚奇！」

「你重視我的意見，」葉琳娜低聲問：「這是爲什麼？」

英沙洛夫笑了起來。

「因爲你是個好人，不像一般的千金小姐，僅此而已。」

沉默片刻。

「德梅特里．尼卡諾維奇，」葉琳娜開口了，「你也許不知道，我認爲這是你第一次在我面前坦白！」

「這是什麼意思？我覺得我在你面前一直是表裡如一的。」

「不是，這才算是真正的第一次，我很高興你可以這樣，我也很想跟你坦誠以對，你知道嗎？」

「知道了。」

「不過我得先告訴你，我好奇心很強。」

「沒關係，你說吧。」

「安德列給我講過許多有關你的身世和童年的事，我從中得知了一件可怕的事情。我知道你後來又回去過你的祖國，你可以不回答我，但看在上帝的面子上，如果我的問題讓你覺得失禮的話你要原諒我，可有一個念頭一直在我心裡壓著，你可不可以告訴我，你遇到那個人了沒有？」

葉琳娜有點兒喘不上氣。她覺得羞愧萬分，又為自己的怯弱而惶恐。英沙洛夫端詳著她，微微瞇起眼睛，用手指摩挲著下巴。

「葉琳娜，」他還是開口說話了，聲音變得更加低沉，這幾乎讓葉琳娜害怕起來，「我明白你說的是誰，沒，我從來沒有遇見過他，謝謝上帝！我也沒有主動去找過他，我沒去找他並不是因為我覺得自己沒權利殺他，我有一萬個理由把他殺掉。不過，現在我還沒辦法談個人的報復，這事關乎民族共同的復仇計畫……換句話說，這事關係到整個民族的解放問題，這兩者必然會互相制約。到那時，誰也逃不脫，逃不脫。」

他重複著，搖了搖頭。

葉琳娜在一旁凝視著他，「你很愛你的祖國？」她問得極為生硬。

「目前還不能這麼說，」他回答，「等我們中的誰為祖國犧牲了，那時才算得上是熱愛祖國。」

「要是你不可能再回到保加利亞去，」葉琳娜繼續問：「你在俄國會覺得很難受嗎？」

英沙洛夫垂下眼簾。

「我恐怕會受不了的。」他說。

「那麼，」葉琳娜又問：「保加利亞語難學嗎？」

「不難。一個俄國人如果不懂保加利亞語是多麼匪夷所思啊，他們應該會講所有的斯拉夫語言。你如果願意，我帶幾本學習保加利亞語的書給你，你會知道這是件很容易的事。我們的歌謠很好聽的！不比塞爾維亞的遜色呢！等一下我就給你翻譯當中的一首詩。那是關於……你大概多少知道一點兒我們的歷史吧？」

「不知道，我對那裡一無所知。」葉琳娜答。

「到時我會給你帶書的，你可以從中看到主要的史實。現在來聽一首歌吧！但是，我最好還是給你帶一份書面的翻譯過來，我相信你會喜歡我們的國家的。你要是知道我們的國土是多麼迷人，你也會喜歡所有受壓迫的人的。可他們正在遭受蹂躪與宰割呀！」他繼續說，兩手情不自禁地打起手勢，臉色也陰沉了下來。

「我們的一切都被搶走了，一切呀！教會、法律、土地。泯滅天良的土耳其人把我們像牲口一樣驅趕，屠殺我們……」

「德梅特里！」葉琳娜大叫了一聲。

他立刻停止了。「原諒我，我不可能冷靜地談這些事。但是你剛才問我是否愛我的祖國，人活一輩子，還有什麼是可以去愛的？除了上帝以外，任何東西都會發生變化，會被質疑，甚至都是不可信任的。可當祖國需要你的時候，請注意，保加利亞的每個農夫，每個乞丐，包括我，都懷著同一個希望，我們大家都有一個共同的目標。你會明白這些的，這給了我們多麼堅定的信心與毅力啊！」

英沙洛夫沉默了下來，又一次談起了保加利亞。葉琳娜貪婪地、靜靜地，同時略帶悲憤地傾聽著。

等他說完了以後，她又一次發問：「這麼說，你無論如何都不會留在俄國了？」

英沙洛夫離開後，她久久地凝望著他的背影。這一整天，他在她心中已變得與平時的他不一樣了。她此刻所送走的也不是兩小時前她所迎接來的他了。

那之後，他來得愈來愈勤了，別爾謝涅夫則變得愈來愈疏遠了。

兩個親密的朋友都深刻地感受到他們之間出現了這種奇怪的情形，但卻不知怎麼說出來，大家也就心照不宣，誠惶誠恐。就這樣一個月過去了。

chapter 15

出遊

安娜總喜歡坐在家裡，這是讀者已經知道的。可是有時候，她也會完全出人意料地想要表現出一種難以自持的欲望，做點別出心裁的事情出來，比如來一次令人驚奇的出遊。

這奇特的出遊越是難辦，就越是需要她精心準備一番，這也越讓安娜本人心情激動，興奮不已。

若是在冬天動這種念頭，她一定會提前定兩三個並排的包廂，叫上她的全部熟人去戲院裡，然後去參加化妝舞會。要是在夏天，她就去郊外，或者更遠的地方。然而，到了第二天她會躺在床上呻吟，抱怨頭疼，然後再過上兩個月，她心中又會重新燃起這種對「與眾不同的事情」的好奇。

目前發生的事正是這樣，有人在她面前提到了察里津諾[29]的美景，所以安娜就忽然宣布，後天要乘車到察里津諾遊玩。家裡頓時又一陣慌亂。一個專使被特地派到莫斯科去接尼古拉，而另一個家僕則被遣去購買酒類、酥皮餡餅以及各種備用食物。舒賓則是被派去驛站雇一輛四輪馬車（她本來有一輛四輪轎式馬車，可她還嫌不夠用），並且置辦替換的馬匹。他去找了別爾謝涅夫和英沙洛夫的小傭人兩次，給他們帶去了兩份卓婭寫的請帖，一份是俄語的，另一份是法語的。安娜本人則忙著爲女孩們準備旅途的行裝。

可是這場出遊差一點就泡湯了，因爲尼古拉從莫斯科回來以後，就一直是一副酸溜溜、蠻不情願、處處找碴的樣子，他是在生阿芙庫斯金娜的氣，聽到安排的時候，他馬上表示不去，他認爲，從昆卓沃跑到莫斯科，再從莫斯科奔到察里津諾，然後又從察里津諾折回莫斯科，還要從莫斯科再回到昆卓沃來，這完全是胡鬧。

最後他補了一句：「得給我證明一下，待在地球表面某一個點上的人，有可能比待在另一個點上的人更愉悅一些，那我才去。」可是，根本沒人能給他證明什麼，甚至此時的安娜已因此準備放棄這場出遊了。

29. 即「皇莊」，在莫斯科遠郊，有葉卡捷琳娜的宮殿。

缺少一個有氣派的男伴隨行，然後她想起了瓦蘇爾，於是傷心地派人到他屋裡請了他，把他從床上叫起來，一邊還說著：「快溺死的人就算是根稻草也必須得抓住。」

他走下樓來，安靜地聽完了安娜的建議，捏捏手指頭，出乎大家意料的是他竟然同意了。安娜吻了一下他的面頰，叫了他一聲乖寶貝。尼古拉則是輕蔑地咧了咧嘴，說了聲「要命」。（他喜歡在必要的時候用幾個優美的法語詞）

第二天早晨七點，一輛驛站馬車和一輛轎式馬車便從斯塔霍夫家的院子裡出發了。

轎車裡坐的是太太和兩位小姐，還有一個女傭人和別爾謝涅夫。英沙洛夫坐的是趕車人的位置，瓦蘇爾和舒賓則坐在驛站的馬車裡。

是瓦蘇爾用手指把舒賓召喚到他這邊來的。他知道這傢伙一路上都會不停地逗他，但是在這位「俄羅斯黑土地的偉大力量」與那位年輕的藝術家之間卻存在著某種奇特的交情和某種互不退讓的坦誠。不過，舒賓這次並沒有去招惹他這位重量級的朋友，而是默不作聲，心不在焉地表現得出奇隨和。

藍天萬里無雲，太陽已經升得老高，馬車進了察里津諾城堡的一片廢墟裡。儘管是中午時分，這裡的景色也陰鬱得恐怖。

在一片草地裡，全體人員下車向花園走去。葉琳娜、卓婭和英沙洛夫走在最前面。安娜在後面緩步走著，她和瓦蘇爾走在一起，臉上滿溢著幸福表情。

瓦蘇爾累得氣喘吁吁地走路搖搖晃晃，一頂新草帽把他的額頭勒得隱隱作痛，靴子裡的兩隻腳也在發燒，但是他今天感覺還不錯。

舒賓和別爾謝涅夫走在最後面。

「嗨，我們是後備隊嘛，像沙場老將一樣。」舒賓小聲對別爾謝涅夫說：「現在那邊就有個保加利亞人呢！」他又補充了一句，一邊用眼眉瞥一下葉琳娜。

今天的天氣很好，四處鮮花爛漫，百鳥啼囀，遠處湖水波光粼粼，一種過節一樣的歡樂情緒沁人心脾。

「呀，真是太美了！啊，太美了！」安娜禁不住反覆地讚嘆。

瓦蘇爾贊同地晃了晃腦袋，算是對她這番讚嘆的肯定。有一次他甚至還附和了一句：「真好！」

葉琳娜偶爾也跟英沙洛夫談一兩句。卓婭用兩個小巧的手指頭捏住帽子的寬邊，從玫瑰色的輕紗連衫裙下賣俏似的伸出一雙小腳，腳上穿著一雙漂亮的淺灰色圓頭皮鞋，眼睛時而東張西望，時而朝後看看。

「啊哈！」舒賓忽然喊道：「卓婭在東張西望，我要過去找她。葉琳娜現在討厭我了，對你——安德列，她還是十分敬重的，但是兩者殊途同歸啊。我可是悶壞了，我要去。你呢，朋友，你可以去採集植物標本。我是在爲你考慮，這就是你可以想到的最好的辦法了。從科學的角度來看這也很好。再見啦。」

於是舒賓就向卓婭跑去，把手臂伸給她，說著：「請吧，尊敬的女士。」然後就挽起她，一起向前走。

葉琳娜停下腳步，讓別爾謝涅夫過來，也挽起了他的手，但卻繼續跟英沙洛夫談著話。她問他，用保加利亞語怎麼表示鈴蘭、楓木、橡樹、菩提……

「保加利亞啊！」可憐的安德列心想。

前方猛然一聲驚叫，大家全都抬起頭張望。只見舒賓的雪茄煙盒突然飛向了叢林，那是從卓婭手裡擲出去的。

「你就等著我找你算總帳吧！」舒賓大喊一聲，鑽進樹林，撿回菸盒。他本來是要回到卓婭身邊的，然而還不等他靠近她，他的菸盒又飛到路的對面去了。

這情形一連重複了五次，他一直在哈哈大笑，還時不時發出威脅，而卓婭卻只是偷偷地竊笑，縮著身子，像隻小貓。

終於他把她的手指頭抓住了，使勁一捏，捏得她尖聲叫了起來，過了好一會兒還對著手吹氣，裝出發脾氣的樣子，而舒賓卻俯在她耳邊輕輕哼上了小曲兒。

「胡鬧的年輕人。」安娜滿心歡喜地跟瓦蘇爾說，那一位只是扭了扭手指頭。

「卓婭這女孩真不同一般。」別爾謝涅夫和葉琳娜說。

「那舒賓怎麼樣？」

這時，大家來到了一座涼亭，它頗有盛名，叫作「觀景亭」。他們便在那裡駐足觀賞察里津諾大小湖泊的美景，這些湖泊一個挨著一個，延伸數里，湖的對岸是蔥蔥鬱鬱的森林。繁茂的綠草鋪滿了整個山坡，一直擴散到最大的那片湖的岸邊，給水色增添了一份鮮亮的奇異光彩。

雖然是在岸邊，目光所及，卻看不見波浪沸騰、水沫泛白的情形。平鏡似的水面上甚至連一絲漣漪也沒有，彷彿是一塊龐大的玻璃，閃著光亮沐浴在一個巨大的洗禮盆中。天空也隨之沉入了湖底，蒼翠的樹林靜靜地注視著湖水的透明。他們全都在靜靜地、久久地觀賞著兩岸的風景。舒賓這時也安靜了下來，跟著卓婭一起陷入沉思。

而後大家都想去水上遊玩。舒賓、英沙洛夫跟別爾謝涅夫便順著草地比賽著一起向下跑去，他們找來了一隻彩繪的大遊船，又找了兩個船夫，這才把女士們請過來。她們向他們走去，瓦蘇爾·伊凡諾維奇小心翼翼地尾隨著太太小姐們。當他踏進遊船的時候，一坐下，大家就發出嘻嘻哈哈的笑聲。

「小心啊，老爺，你可不要把我們都給扔進湖裡啦。」一個身穿花布襯衫的翹鼻子小船夫說。

「哈，你這花花公子！」瓦蘇爾也回了一句。

船出發了，年輕人原本都應該去划槳的，但是他們當中卻只有英沙洛夫一個人會划船。

舒賓想讓大家合唱一支俄羅斯的歌曲，便自己起了個頭：

「在母親河的下游……」

別爾謝涅夫、卓婭，甚至安娜也跟著唱了起來（英沙洛夫說他不會唱歌），大家的歌唱水準參差不齊，到了第三節便亂唱起來，只有別爾謝涅夫一個人試圖用男低音接下去：

「滾滾波濤中一無所有……」

可是沒過多久他也被帶得唱不下去了。

兩個船夫彼此看了一眼，心照不宣地露齒而笑。

「怎麼，」舒賓看著他們，「看這架勢，你們是認爲我們不會唱歌嗎？」

那個穿花布襯衫的小夥子只微笑著搖了搖頭。

「等著瞧吧，小翹鼻子，」舒賓不服氣，「我們就唱給你聽聽。卓婭！來唱一個尼德美伊爾的詩吧。別划了，朋友！」

幾支濕淋淋的船槳便慢慢被抽出了水面，像鳥翼般靜止不動，只有水珠滴下，咚咚作響。遊船又漂浮了一會兒，像一隻高貴的天鵝，在水面上輕輕迴旋，直到漸漸平息。

卓婭扭捏了片刻，安娜溫和地起了個頭，卓婭便摘下帽子唱了起來，她音調適中而清脆，歌聲在湖面上蕩漾開來。遠方森林裡傳來的回音，撥弄著她唱出的每一個詞，彷彿那邊也有誰在用清晰而神秘的天籟應和著。

卓婭唱完的時候，一片熱烈的喝彩聲從岸邊的涼亭傳來，同時還有幾個紅臉的德國人從那裡跳出來。他們也是來察里津諾遊玩的。其中的幾個人沒有穿上衣，也沒有打領結，甚至沒有穿背心，他們拼命地叫嚷著。

安娜於是吩咐船夫趕快把船划到湖的另一邊去。可是，遊船還沒來得及靠過去，瓦蘇爾又做出了一個驚人之舉，讓所有人大爲詫異。

他發現森林的一處回音特別清晰，幾乎能把每一個音響重複出來，他就突然學起鵪鶉的啼鳴大叫起來。

起初大家都大吃了一驚，然而馬上就體驗到了那種真正的滿足。因爲瓦蘇爾叫得惟妙惟肖，他又學起了貓叫，不過就不是很像了。然後他又學了一次鵪鶉的叫聲，然後望望大家，接著便慢慢安靜下來。

舒賓直接撲了過去想要吻他，卻被他推到一邊，遊船也在這時靠了岸，大家也就下船登陸了。

車夫和男女家僕已經同時從車上拿下筐籃，在幾株老菩提樹下的草地上準備好了午餐。大家在鋪開的餐布周圍坐下，吃起了餡餅和其他美食。

每個人的胃口都十分好，安娜不時給客人敬食物，勸他們再多吃一點，並給他們保證，在露天進餐是很有益於健康的。她還拿這番話去教導瓦蘇爾。

「你別費神了。」他用塞滿食物的嘴哼著。

「是老天爺恩賜我們，才有這樣的好天氣呀！」她不斷地重複這麼一句話，簡直變了個人，她好像一下子年輕了二十歲。別爾謝涅夫也給她指出了這一點。

「是呀，是呀，」她說，「我年輕的時候可漂亮呢，絕對是前十名以內。」

舒賓緊貼著卓婭坐著，不斷地給她斟酒。她不願意喝，他就勸酒，結果總是以自飲告終，然後又接著勸她。他甚至要她深信他是多麼渴望將自己的頭枕在她的膝蓋上，她斷然不肯給他占這麼大的便宜。

葉琳娜看起來比誰都嚴肅，而她內心深處卻有著一種許久不曾體驗過的奇異的靜謐。她懷著無限的善意，她不再只是一心要把英沙洛夫和別爾謝涅夫留在自己身邊。安德列隱約地從眼前情景中悟出了點什麼，也只是悄悄地嘆息。

幾個小時轉眼就過了，黃昏將至，安娜忽然焦躁起來。

「啊，上帝，這麼晚了，」她說，「玩盡興了，喝痛快了，女士們、先生們，我們該回去了。」

她開始忙起來，大家也都跟著忙起來，大家站起身來向城堡的方向走去，馬車就停在那裡。經過那片湖泊的時候，大家都情不自禁地駐足，想再最後一次欣賞一下察里津諾。

這時鮮亮的黃昏在四周燃燒起來，緋紅的天空下，樹葉被微風吹得一陣陣地抖動，閃耀著繽紛的色彩。遠方的湖水蕩漾著火一般的金紅色，一座座紅紅的亭臺樓閣散佈在花園四處，在暗綠色的樹蔭映襯下，格外引人注目。

「再見了，察里津諾，我們會永遠記住今天的出遊！」安娜輕聲地自言自語。

可是，就在此時，一件奇特的事情忽然發生了。似乎是爲了證實她最後的這句話，那確實是一件難以輕易忘卻的事情。

是這樣的，安娜向察里津諾告別的話語還沒說完，突然，就在離她幾步遠的一棵高大的丁香樹後面，傳來一陣吵鬧的喝叫聲、哄笑聲和呼喊聲。一大群衣衫不整的男人，就是之前那群歌曲愛好者，給卓婭熱烈喝彩的那幫人一擁而來。

他們看起來都已喝得酩酊大醉，瞥見幾位女士，卻都停住了腳步。

其中一個大塊頭的脖子像公牛那樣粗，瞪著兩隻血紅的牛眼睛，令人生畏，他離開夥伴笨拙地鞠了一躬，晃晃悠悠地走到安娜面前，這時安娜早已嚇得呆若木雞。

「太太，」他啞著嗓子道：「你好？」

安娜嚇得身子猛地向後一仰：「你們要幹什麼？」

這個龐然大物用粗鄙的俄語繼續說道：「怎麼不再唱一個？我們的兄弟可是喊了『小姐呀，再來一個』的！」

「對呀，對呀，為什麼不唱呀？」那夥人中又發出了喊叫聲。

英沙洛夫正準備衝上去，卻被舒賓制止了，他將安娜護在身後。

「抱歉，」他說：「尊敬的素未謀面的先生，請允許我為你們的行為向你們表示真誠的歉意，依我看，你是高加索種族的撒克遜分支，所以我們有理由認為你們也懂得社交禮儀，可是你卻與素不相識的夫人說起話來。請你相信我，要是換了另一個場合，我會非常高興跟你認識的，因為我留意到你身上有那麼發達的肌肉。我是雕塑家，要是能找到你這個模特兒，那就是大幸了。可這一次，請不要來打擾我們。」

那位「尊敬的素未謀面的先生」聽完舒賓這一席演說後，只輕蔑地歪了歪腦袋，把一隻手插在褲腰上。

「不知所言，」他還是開口了，「你也許以為我是個修皮鞋的，或者鐘錶匠？

嘿！我可是個軍官，是個官呀，當官的。」

「對此我完全沒有懷疑。」舒賓又說下去。

「我想說的是，」「素未謀面者」用他粗壯的手臂把舒賓推向一邊，就像在路上丟掉一根樹枝一樣簡單，「我是說，我們喝彩了，你們為什麼不再唱一首？我朋友一會兒就走，只要叫這位小姐，不是這位太太，不對，這個不要，要那個，或者是那個（他指向葉琳娜和卓婭），和我們接個吻，在德國話裡，就是親個嘴，對啦，怎麼了？這很正常呀！」

「很正常呀，親一個，這很好呀！哈哈哈！」那夥人就又喊叫起來。一個已經喝得爛醉的德國人，笑得直不起腰來。

卓婭一把抓住了英沙洛夫的手臂，但還是被他擺脫了。英沙洛夫徑直走到了那個五大三粗的無賴漢面前。

「給我滾！」他的聲音低沉卻又堅定，那德國人則無賴地大笑起來。

「怎麼是滾？我喜歡這個！我怎麼就不能散散步呢？怎麼就得滾呢？為什麼要滾呢？」

「因為你膽敢騷擾一位夫人，」英沙洛夫說，臉色瞬間白了，「因為你多喝了點兒酒。」

「什麼？喝多了？你沒聽到嗎，我是軍官，可他膽敢……現在我要接吻！」
「要是你再敢向前邁一步。」
「哈，那又怎樣？」大漢打斷他說。
「我會把你丟到水裡。」
「丟到水裡？哈哈！就你？啊，我們倒想看看，這可有意思了，怎麼把我丟進水裡去……」
軍官先生舉起雙手便走上前來，而就在這時，一樁異乎尋常的事忽然發生了，只聽他「哎喲」一聲，他的那龐大的軀體只晃了一下就離地而起了，兩隻腳在空中胡亂地踢騰著，沒等女士們叫出聲來，那個人還沒明白這是怎麼回事，就隨著「撲通」一聲被扔進了湖裡，一身肥肉頓時濺起一大片水花，隨即消失在了打著旋兒的湖水中。
「啊！」女士們大聲尖叫了出來。
一分鐘以後，一個圓圓的腦袋從水裡露出來，嘴裡還不斷吐著泡沫。只見他的雙手痙攣似的在腦袋的周圍亂扯亂抓。
「他要淹死啦，快救救他，救救他呀！」安娜對英沙洛夫叫喊著，英沙洛夫則叉著兩腿站在岸邊，深深地吸著氣。
「他會自己游上來的，」他臉上帶著一副輕蔑的漠然，「我們可以走了。」他攙著安娜的手臂，「走啊，瓦蘇爾，葉琳娜。」

「啊……啊……嗚……嗚……」那個可憐的德國人號叫著，抓住了岸邊的一株蘆葦。

大家都緊跟著英沙洛夫離開，從那「一夥人」的面前經過。那夥人沒了頭目，也就學乖了，不敢吭一聲。

只有一人，是他們中最勇敢的，他晃著個腦袋，囁嚅道：「啊，這，但是……天知道……以後……」另一個甚至還把帽子摘了下來。

英沙洛夫讓他們覺得非常恐怖，這相當自然，他臉上正是這樣一種兇狠的、令人感到危險且不變的表情。德國人接著便狂奔過去把他們的頭目拖上岸來，那傢伙一上岸便眼淚汪汪地破口大罵起來，衝著那幫「俄國強盜們」喊著，說他要告他們，告到馮·基賽里茲伯爵大人本人那裡去。

可是「俄國強盜們」並沒有理會他的叫喊，他們充耳不聞地向城堡走去。經過花園的時候，他們全都沉默了，只有安娜「哎呀」了兩聲。

當他們在馬車邊站住了，此刻，他們爆發出一陣抑制不住、經久不息的大笑聲，就像是荷馬筆下那群神人的笑聲。

第一個瘋了一般發出尖聲尖氣的笑聲的是舒賓，接著是別爾謝涅夫的捧腹大笑，一旁的卓婭的笑聲就如大珠小珠落玉盤。安娜也忽然放聲大笑起來，就連葉琳娜也忍不住笑了起來，最後英沙洛夫也支持不住了，笑得最響、笑得最久。笑得最厲害的要數瓦蘇爾。他哈哈哈哈哈……一直笑到打噴嚏，笑得上氣不接下氣。

他稍微停了一下，才滿含著眼淚說：「我……認爲……怎麼就撲通一下子？而這……他的頭……就朝下……」

隨著他吞吞吐吐地硬吐出最後一個詞兒來，一陣重新發作的大笑又使得他全身顫抖。卓婭的話更激起了他又一波笑聲。

「我啊，聽我說，看到了沒，那兩腿朝天呀……」

「對的，對的，」瓦蘇爾馬上接著說：「兩腿，兩腿，那邊就撲通一聲！就朝天啦！」

「他怎麼做到的呢？那個德國佬比他大了三倍呀！」卓婭問。

「這讓我給你解釋。」瓦蘇爾擦了擦眼睛，「我看見了！英沙洛夫一隻手把他的腰抓住，另一隻手拎起一條腿，然後就撲通了！我親耳聽見的！啊，那樣子！哈，就那樣，四腳朝天啦！」

馬車已經走了很遠，察里津諾的城堡也已從視野裡消失，而瓦蘇爾還是無法平靜下來，舒賓還是跟他坐在一輛馬車上，就開始奚落起他。

不過英沙洛夫則感到極爲慚愧，他在馬車裡坐著，在葉琳娜對面坐著（別爾謝涅夫換到了駕車人的座位上）。他沉默不語，她也沒有說話。他想，她肯定會責備他的吧，可是她爲什麼沒有這樣做呢。

而一開始，葉琳娜的感覺則是非常惶恐的，後來她更吃驚於英沙洛夫的神情，再後來她就開始思索。她也不太明白自己在思索什麼，她在這一天裡所體會到的情感此刻都已無影無蹤了，這一點是她意識到的，而這些感情是被另外一些什麼所取代了，那究竟是什麼，她暫且還沒弄明白。

快樂的出遊[30]拖得太久，黃昏已在不知不覺間與夜晚更替。馬車急速地奔馳著，時而穿過早已成熟的麥田，迎著芬芳的空氣，享受著陣陣莊稼的清香，時而穿過寬廣的草地，清新的芳草香撲打到每個人的臉頰上。

天空四周似乎蒸騰著煙氣，最後浮出一輪朦朧的、昏黃的月亮。安娜打起了盹，卓婭把頭伸出窗外探看道路。葉琳娜終於發現，她有一個多小時沒跟英沙洛夫講過話了。於是她就向他問了個無關痛癢的問題，他馬上高興地做了回答。

30.原文為法文。

夜空中開始傳來一些模糊不清的響動，好像遠處有許多人在說話，那是莫斯科在跟他們打招呼。前方不遠處的燈火越來越多，終於車輪下響起了輾在石塊上的嗒嗒的聲音。安娜也醒了，馬車裡的人都在談論著，儘管誰也聽不清對方在說什麼。

石砌的路面在兩輛馬車和三十二隻馬蹄下劇烈地震響，使從莫斯科到昆卓沃這段路程顯得既無聊又漫長——要麼全都在睡覺，要麼默不作聲地把腦袋埋在角落裡。

只有葉琳娜一個人依然睜著眼睛，她一動不動地盯著英沙洛夫昏暗中的身影。一種奇特的情感掠過她的心頭，那是一種哀怨眷戀得令人痛心的遺憾。她自己也不明白，只是英沙洛夫的離去似乎把她身體中的某種東西帶走了，從此她的生活將會多了一種期待。

舒賓的心頭也襲來一陣哀愁，輕風調弄著他的眼睛，令他十分懊惱。他把頭往外衣領子裡縮了縮，差點流出眼淚來。瓦蘇爾高枕無憂地打著鼾，任憑身子來回搖晃著。

馬車終於停了下來，安娜在兩個僕人的攙扶下慢慢地走下馬車。她幾乎是累垮了，在跟大家告別的時候，她說她只剩下半條命了。他們向她致謝，而她只是反覆地說著「我快死了」。

葉琳娜（第一次）跟英沙洛夫握手，她久久無法寬衣入睡，一直坐在窗前。

舒賓在別爾謝涅夫離開的時候，卻適時地悄悄跟他說：「唉，爲什麼他不是『英雄』?他可是能把喝醉酒的德國人丟到水裡去的！」

「而你卻連這個也做不到。」別爾謝涅夫回了一句，就跟英沙洛夫一道回家了。

當兩位朋友回到家的時候，天空已露出朝霞了，雖然太陽還沒有升起，黎明的寒氣卻已漫了出來。

灰色的露珠在草葉上滾動著，早起的雲雀在半明半暗、廣闊無垠的天空中唱著銀鈴般的歌謠。天空中，還剩下一顆巨大的最後的晨星，像一隻孤獨的眼睛正環視著整個人間。

chapter 16 少女懷春

葉琳娜認識英沙洛夫不久，就開始（其實是第五次或是第六次）寫起了日記。以下是她日記中的一些片斷：

「六月……安德列給我送來了一些書，可我卻沒法讀。跟他坦白吧，難爲情。還回去吧，撒謊說讀了，又不願意。我覺得，這會讓他傷心。他處處留意我。他好像很依戀我。他是一個好人，安德列。

「……我想要的是什麼？爲什麼我的心頭如此沉重，如此疲乏？爲什麼我望著遠去的鳥兒會覺得羨慕不已？我似乎是想跟牠們一起飛翔，飛到哪兒去呢？我不知道，只要飛得遠遠的，離這裡遠遠的。

「這種願望是罪過嗎？在這兒，我有母親、父親和家庭。我不愛他們？的確，我似乎並沒有想像中那樣愛他們，說出這種話讓我很惶恐，但這是真的。

「可能，我是十惡不赦的罪人。可能，我就是因爲這個才這麼憂愁，因爲這個才無法得到平靜。不知是誰的手壓在我肩上，把我壓迫。我就像是坐在牢房裡，眼睜睜看著四壁的牆就要塌下來壓在我身上。爲什麼別人沒有這樣的感覺？

「假如對自己的親人我都可以那樣冷漠無情，那我還能愛上別人嗎？很明顯，父親說的是對的。他以前就罵我只愛狗呀貓呀的，看來應該好好思考這件事了。我不怎麼祈禱，是應該祈禱的，啊，似乎我還擁有愛的能力呀！

「我在英沙洛夫先生面前仍然還很膽怯。不知道這是爲什麼，我好像已經沒有那麼年少無知了，而他又那麼平易近人、和藹可親。有時候他十分嚴肅，他一定是沒來得及想到我們。我發現了這個，所以我就更不好意思自私地佔用他的時間。

「安德列，他就全然不一樣了，我可以跟他混上一整天，而他也只跟我聊英沙洛夫，一些非常駭人的細節！

「昨天的後半夜，我夢見他握著一把匕首，似乎在對我說：『我要殺死你，然後結束我自己。』啊，太荒唐了！啊，要是有誰能對我說這就是你應該去做的就好了，有善心是不夠的！得行善！對的，這才是人生的重點。可是怎樣去行善呢？啊，要是我能掌控自己就好了！

「我不知道，爲什麼我會這麼頻繁地想起英沙洛夫先生，他來到我家仔細聆聽我傾訴，他自己卻一點也不操心，我一看見他，心裡就感到非常歡欣，就是這樣。

「他走了以後，我總是會想起他說過的話，埋怨一下自己，甚至還爲此心情澎湃不已，連我自己也不知道這是怎麼一回事。他的法語講得不怎麼樣，卻從不爲此感到羞慚——這點我欣賞。但是，我心裡總是會想起一些新面孔。

「跟他說話的時候，我會突然想起我們這兒賣小吃的生意人瓦西里，他把一個殘疾的老人從失火的茅草屋裡救了出來，而自己差點被燒死。父親把他稱爲好漢，母親賞了他五個盧布，我那時真想匍匐在他腳下表示敬佩。他的面孔也很樸實，甚至還有點蠢，後來竟然變成了一個酒鬼。

「今天我給了一個乞丐一個半戈比的銅板，她對我說：『你爲何如此悲傷呀？』我沒有料想到竟連我的神色都顯露著濃濃的哀愁。我覺得，可能是因爲我形單影隻，總是這樣形單影隻。善也好，惡也好，沒人可以強迫我伸出我的手。凡是靠近我的人，都是我不需要的，而我所希冀的人，他卻與我擦身而過。

「我不知道我今天到底怎麼了，腦子裡亂哄哄的。我想跪在地上，懇求別人寬恕我。我覺得好像有人在折磨著我，但是我卻不知道那是誰，也不知道那是一種什麼樣的折磨？

「我在內心裡吶喊、反抗，我嚎啕大哭，我無法安靜下來，上帝！上帝啊！請你把我心頭的這些衝動欲望按下去吧！只有你可以辦到，任何別的什麼都無能爲力。無論是我微不足道的施捨，還是那些課業，不管是什麼，好像都不能幫上我的忙啊。去當個女使者吧，這樣我的心裡也許會覺得輕鬆些。

「我的青春是爲了什麼，我的生命又是爲了什麼，我爲什麼要有靈魂，這所有的一切，都是爲了什麼？英沙洛夫，我真的不知道要怎麼下筆，他一直佔據在我的心裡。

「我想弄明白，他內心深處都在想些什麼？他看起來是那麼坦率，那麼真誠，可是我又什麼都看不清楚。他有時會用那麼一雙眼睛追問似的望向我，也許這是我的幻覺？保爾老是挑逗我，我很生保爾的氣。

「他到底想怎麼樣呢？他是愛上我了嗎？可我不需要他的愛。他也應該愛上卓婭了吧。我對他是公平的，他昨天對我說我是如此的公正無私，那話是對的，可這很不好啊！

「哎，我認爲，一個人不幸也是好的，要麼窮困潦倒，要麼疾病纏身，要不然他馬上就會自鳴得意了。爲什麼安德列今天要跟我說起那兩個保加利亞人？他也許是故意的。英沙洛夫先生跟我能有什麼關係呢？我非常生安德列的氣。

「握著筆，卻又不知道從哪裡寫起。他今天在花園裡跟我講了很多話，多麼唐突啊！他很親切，對我充滿了信任！事情發展得真快！似乎我們真是認識了很久很久的朋友，只是剛剛才認出彼此一樣。

「這之前，我竟然不瞭解他！現在他對我是太親切了！奇怪，現在的我也變得平和得多了。我感覺很滑稽，昨天我生了安德列的氣，也生了他的氣，我還稱他爲英沙洛夫先生，可今天……我終於遇到了一個誠實坦率的人，一個可以信賴的人。這個人不撒謊，是我所遇見的第一個誠實的人。別人都撒謊，任何人都在說謊。

「安德列，我親愛的朋友，我爲什麼要讓你受委屈呢？不！安德列，可能比他學識更淵博，甚至更聰明些，但是，我不知道爲什麼他在他面前總是顯得那麼渺小。

「當英沙洛夫談起他的祖國的時候，變得更高大魁梧了，也英俊了，聲音像洪鐘一樣洪亮，那時候，世上似乎沒有一個人可以讓他低下頭去。而他不是在空談，他在實踐，而且將來還要堅持不懈地做下去。

「我要仔細問問他，他是怎樣忽地向我轉過身來，再向我微微一笑的，啊哈，只有親兄弟間才有這樣的微笑，哇，我真幸福！

「當他第一次到我們家來時，我無論如何也料想不到，我們會熟悉得這麼快。但現在，我甚至還在爲初次見他時那種淡漠而興奮！難道我現在就不淡漠嗎？

「我很久沒有感受過這種內心的安寧了。我的心靈是如此靜謐，如此安靜，沒什麼可以記錄下來的。我經常跟他見面，就這樣，還有什麼好寫的？

「保爾把自己鎖在房間裡，安德列出現的次數愈來愈少了，真可憐！我似乎覺得，說真的，這是絕不可能發生的。我喜歡跟安德列談話，他從不提及自己，總是說些現實的、有益的東西。他不像舒賓，舒賓就像一隻漂亮的蝴蝶，還是個自我欣賞的蝴蝶，大概連蝴蝶也不這樣吧。但是，無論是舒賓，還是安德列，我都知道我想說什麼。

「他喜歡上我的家來，這我知道，但是爲什麼？他在我身上尋覓到了什麼？確實，我們志同道合。我們都不喜歡詩歌，對藝術都懵懂無知，但是他比我厲害得多了！他很冷靜，而我老是惶恐不安；他有他的計畫，他的目的，但我，我的路在哪？我的家園在哪裡？他很淡定，可他的思想卻比天際還要遙遠，總有一天他會永遠離開我們，去屬於他自己的那裡，去那地方——大海的另一邊。

「怎麼辦呢？願上帝保佑他吧！而我慶幸我曾經是快樂的。當他還在這裡的時候，我是他的朋友。

「爲什麼他是俄國人？不可能，他不應該是俄國人。母親也是喜歡他的。她還說他是一個謙虛的人。善良的母親呀！一點也不瞭解他。

「保爾沉默了，他猜到我不喜歡他的暗示，但是他是在嫉妒嗎？壞小子！你沒有這個權利。難道我什麼時候……都是廢話！我怎麼會想到這些？

「可是，說也奇怪，我已經二十歲了，還沒有愛上過誰呢！我認爲，德梅特里（我以後就這麼叫他，我喜歡這名字——德梅特里）的靈魂之所以如此純潔，是因爲他把整個身心都獻給了自己的事業，那麼還有什麼可以讓他忐忑不安的呢？一個人徹徹底底地獻出了自己，就少了許多痛苦，就會對一切都無所謂了，不是我想怎麼樣，而是它想怎樣。

「說到這裡，我們喜歡的也是同樣的花。今天我摘了一朵玫瑰，掉了一片花瓣，被他撿了起來，於是我就把整朵玫瑰都給了他。

「他常拜訪我們家，昨天他整整在這待了一個晚上，就爲了教我學習保加利亞語。跟他在一起的時候，我覺得非常開心，有一種回到自己家裡的愜意。甚至比回到自己家中還要好。時光飛逝，我心情也越來越愉快歡暢，卻不知爲什麼開始覺得有點兒害怕。我想感恩於上帝，眼淚也快流出來了。呀，溫暖的、明媚的日子啊！我還跟以往一樣覺得輕鬆自由，但是偶爾，偶爾會生出一點點愁緒。我很幸福！我真的幸福嗎？

「昨天的出遊使我無法忘懷，那是一些多麼奇特、嶄新而又可怕的記憶！當他突然把那個巨人抓起來，像丟皮球一樣扔進水中的時候，我並不覺得可怕，可是後來，他那副兇狠的模樣還是嚇壞了我。太殘酷了！他竟然說他會自己游上來的！我震驚了，原來我還沒有真正瞭解他啊！再後來，當大家都哈哈大笑的時候，當我也跟著大笑的時候，我其實很爲他感到難過！他也覺得羞愧，這我是知道的。

「他是因爲我才感覺羞愧的，這是他後來在車子裡告訴我的。那時候我很想看清他，但又有點害怕。是呀，跟他這樣的人是不能開玩笑的，他很善於防衛。但是他又這樣的兇惡，連牙齒都在顫抖，眼睛裡也充滿了惡毒，爲什麼呢？或許，也只能這樣做吧，也沒別的辦法！

「難道一個人就不能又是英雄戰士，又溫情柔和嗎？不久之前，他就對我說過，人生本來就是暴力的。我把這話告訴了安德列，他並不贊同。他們倆到底誰是對的呢？而這一天又是如何開始的啊！我跟他並肩走著，就算不說一句話，我心裡也覺得很舒服，而我喜歡最近發生的這些事。很顯然，事情似乎本應該這樣發展。

「忐忑不安的心緒又來了，我覺得身體很不舒服。這陣子，我沒在這個本子上寫下任何東西，因爲不知道寫什麼。我覺得無論我寫什麼，都表達不出我心裡的意思，而我的心裡究竟在想什麼呢？

「我跟他有過一次長談，那次談話讓我明白了許多，他告訴我他自己的計畫（順便說一下，我現在知道他脖子上的傷是怎麼來的了。上帝啊！他曾經準備去死，竟然九死一生地逃脫了，只留下傷疤）。

「他預感到戰爭的來臨，並爲此而興奮。我從來沒有見過他的心情這麼憂鬱。他爲什麼會表現得憂鬱呢？父親從城裡回來的時候，碰到我跟他在一起，就用奇怪的眼神望著我們。

「安德列來了一趟，我發現他變得又消瘦又蒼白。他責備我，說我對舒賓太冷淡、太不關心了，而我也確實完全把保爾遺忘了。現在見到他的時候，我會儘量彌補自己的過失，不過我此刻無法顧及他，也顧及不到世界上其他任何人。

「安德列跟我說話的時候，臉上露出了一種憐惜的表情，他這是什麼意思？

「爲什麼我的周圍，我的心中都這麼黯然？我覺得，我的身邊和我心中正在醞釀某種類似於謎一樣的東西，而且必須找出一個答案來！

「我徹夜未眠，頭痛得很。但爲什麼又要寫呢？他今天走得那麼匆忙，我還想跟他多說幾句呢，可是他似乎怕見到我。的確，他在躲我。答案終於找到了。光輝照亮了我的心！上帝！可憐可憐我吧，我戀愛了！」

chapter 17

不告而別

就在那天，葉琳娜在她的日記本上認真地寫下最後那段有關宿命的感慨的同時，英沙洛夫正坐在別爾謝涅夫的房間裡。

別爾謝涅夫站在英沙洛夫的面前，臉上呈現出一種迷惑不解的表情。英沙洛夫剛才告訴他，自己準備明天就搬到莫斯科去住。

「怎麼可以這樣呢？」別爾謝涅夫高喊了一聲，「最美的時刻就要來了，你怎麼又想莫斯科？決定的這麼突然，你是不是得到了什麼消息？」

「沒有，」英沙洛夫說：「但是，我想我是不能再留在這裡了。」

「爲什麼？」

「安德列，請你別再留我啦，我求你！跟你分開我也很不願意，但是這是沒辦法的事啊！」

別爾謝涅夫一動不動地看著他：「我明白了，我說什麼也沒法說服你。這麼說來，你都決定好了？」

「早就決定了。」英沙洛夫站起身來，便快步離開了。

別爾謝涅夫在房裡踱了幾步，最後拿起帽子向斯塔霍夫家走去。

「你是不是有什麼急事要通知我啊？」等到他們只有兩人單獨相處時，葉琳娜便迫不及待問他。

「是，你已經猜到了？」

「沒關係的，你說吧，是什麼事？」

然後，別爾謝涅夫把英沙洛夫的決定原原本本地告訴了她，葉琳娜的臉色一下就變得慘白。

「你說這話是什麼意思？」她說話時感覺很艱難。

「你是知道的，德梅特里從來都不喜歡爲自己的行爲做出解釋。但是我想，咱們還是坐下來慢慢談吧。葉琳娜，你看起來不太好呀，我可能知道他這樣忽然離開，究竟是爲了什麼。」

「爲了什麼？是什麼原因？」葉琳娜急切地問道，她那冰冷的手已經緊緊地握著別爾謝涅夫的手。這點她自己卻沒留意到。

別爾謝涅夫帶著微微憂鬱的微笑說：「怎麼跟你說呢？這還得從這個春天，我跟英沙洛夫彼此熟悉的時候說起。我是在一個親戚的家裡認識他的，我那親戚有個女兒，那是一位十分標緻的姑娘。我覺得，英沙洛夫對她也是有好感的，於是我就把我的想法對他講了。他笑了起來，說我誤會了，說他心裡並沒有別的意思，要是那姑娘心中萌生了諸如此類的感情，他就會馬上離開，因爲他不願意爲了一己私欲而背棄自己的事業和自己的責任，這是他的原話，他當時就說：『我是保加利亞人，不需要俄國人的愛。』」

「啊……那……現在……」葉琳娜喃喃地說道，不禁把頭轉到一邊，就像一個準備遭受打擊的人。不過那雙抓著別爾謝涅夫的手並沒有鬆開。

「我認爲，」他繼續說著，刻意地壓低了聲音，「我原本覺得這是純屬虛構的事情，可現在卻真的發生了。」

「那就是說……你發現…別再吊我的胃口啦！」葉琳娜突然脫口而出。

「我覺得，」別爾謝涅夫連忙說道：「英沙洛夫也許愛上了一個俄羅斯的女孩，所以爲了履行自己的諾言，他才決定離開。」

葉琳娜的手攥得更緊，頭也垂得更低，好像要逃開所有人的視線以遮掩住忽然間火一般溢滿面頰和頭頸的羞怯的紅暈。

「安德列，你就像天使一樣善良啊，」她說：「可是他總得來道個別吧？」

「一定會的，他一定會來的，因爲我知道他其實並不想離開！」

「請你幫我告訴他，幫我帶個信……」可憐的女孩終於還是忍不住了，潸然淚下，淚水溢滿了眼眶，就從房裡跑了出去。

「她愛他竟然愛得這麼深，」回家的路上別爾謝涅夫想著，「我沒想到，完全沒有想到，是這麼的深！『我像天使一樣善良』，她說，」他繼續想著，「沒人知道，我是爲了什麼才把這些事告訴葉琳娜的，但是絕對不是因爲我的善良，我一點也不善良！而出於一種應當遭受詛咒的願望而已，我只是想確認一下，那把匕首是不是真的已經插到了傷口裡面？

「我該滿足才是，因爲他們的相愛，是因爲有了我的幫助！『科學與俄國人民的未來仲介人』，舒賓這樣形容我。確實，我是生來就註定要做仲介人的。可是，萬一我誤會了呢？不會，我不會搞錯！」

安德列心裡很傷心，連《羅美爾》也沒能讓他平復。

第二天下午兩點，英沙洛夫真的來了斯塔霍夫家。像是故意安排的一樣，此刻安娜的客廳裡正好還有一位客人——鄰居牧師的太太，一位非常友善、非常值得尊敬的夫人。但是，她曾跟警察局的人發生過一樁小小的不愉快的事情。她曾經忽然想在光天化日下跳進一個池塘去洗澡，而那池塘恰好靠近路邊，又是某位身居要職的將軍一家經常路過的地方。

一個外人在場，一開始讓葉琳娜甚至感到有些快慰，但一聽見英沙洛夫的腳步聲，她臉上的血色頓時蕩然無存了。可是，一想到他也許不會等著跟她單獨見面便告辭離開，她的心幾乎快停跳了。

英沙洛夫看起來很困窘，處處躲開她的目光。

「難道他馬上就要離開嗎？」葉琳娜心想。

事實上，英沙洛夫也的確是正準備跟安娜辭行，葉琳娜連忙站起身把他叫到了窗前。

牧師太太好奇心有點重，也想轉過身去聽聽，可是她的腰身收得太緊，所以只要一動，胸衣就會吱吱作響。所以她只好保持在原位，動彈不得。

「你聽我說，」葉琳娜急匆匆地說：「我知道你爲什麼而來，安德列把你的計畫都告訴我了，但是我懇求你今天不要跟我們道別，過了今天再到這兒來一次吧，來早一點兒，十一點就來，我有些話要跟你說。」

英沙洛夫安靜地把頭低了下去，並沒有回話。

「列諾奇卡，到這邊來！」安娜叫道：「快來看看，阿姨的提包有多漂亮。」

「花是我自己繡的。」牧師太太說。

葉琳娜便從窗口走開了。在英沙洛夫在斯塔霍夫家待的不到一刻鐘裡，葉琳娜悄悄地觀察了一下他。他在座位上坐立不安，還是跟以前一樣，眼睛不知道往哪兒看。忽然，不知為什麼便奇怪地離開了。

這一天對葉琳娜來說過得太漫長了，漫漫長夜更是緩慢。葉琳娜時而從床上坐起來雙手抱膝，把頭靠在膝蓋上，時而走到窗前，把滾燙的前額貼在冰涼的窗玻璃上。

她思索著，反覆地思索著同一個問題，直到精疲力竭。她的心似乎已幻化成了一塊頑石，又似乎是消失了。她感受不到心臟的跳動，可頭腦中的血管還是在痛苦地律動著，頭就像著火一樣燒著，嘴唇也乾裂了。

「他會再來的，他沒有跟母親告別，他是不會撒謊的，安德列說的是事實嗎？不可能，他也沒有回答說一定會來，難道我就要從此跟他分別了嗎？」

這些憂思糾纏著她，不肯離她而去！它們並沒有來而復去，去了又來，而是不停地在她心中激蕩著，就像一團迷霧。

「他也愛我！」這個想法忽然火一樣點燃了她的全身，接著她定睛向黑暗中凝望，一絲誰也看不見的神秘的微笑在她的唇邊蔓延開了。不過她又立即甩一甩頭，扣起雙手來放在後腦勺上，原先那些迷霧又重新籠罩在了她的心上。

直到黎明前，她才脫掉衣服躺下，但仍舊無法入睡。

當第一縷火紅的陽光射進她房間的時候，「啊，要是他愛我！」她忽然高聲呼喊，張開了雙臂，並沒有照耀她全身的陽光而感到羞慚。

她起來穿好衣裳走下樓去，其他人都還沒醒來。她走到花園裡，花園裡是那樣的安靜、清新，鳥兒自信地啼囀，花朵也歡快地探出頭來，但一種無名的恐懼卻襲上了她的心頭。她害怕。

「啊！」她想，「要是這是真的，那麼任何一根小草都沒我幸福啊，但這是真的嗎？」

她又回到了自己的房間，為了打發時間，又開始換起了衣服，但是東西都從她手裡一個個地掉到了地上。

僕人叫她下樓喝茶的時候，她還靜靜地坐在梳妝鏡前，衣服只穿了一半。她下了樓，母親發現她面如白紙，卻只說道：「今天你真漂亮！」接著便瞥了她一眼，又說：「這衣裳很適合你，你要是想得到誰的傾心，就穿這件吧。」

葉琳娜安靜地坐在角落裡，時鐘敲了九下，離十一點還有兩個小時。她拿過一本書來，又放下，開始做起了針線活，接著又重新開始讀書。

她暗自決定，要在同一段林蔭路上走一百個來回，然後她就真的走了一百個來回。接著，她又久久地看著安娜在不遠處用紙牌算卦，又不停地看著時鐘，還沒有到十一點。

這時，舒賓也來到了客廳。她想與他交談，但就連她自己也不知道爲什麼，她竟向他道起歉來，她說的每句話都似乎沒有什麼必要，但在她自己心中卻泛著某種困惑。

舒賓將身子俯下來，她也準備好接受他的嘲笑。可當她抬起眼睛的時候，卻看見了一張悲憫而友好的面龐。她衝著這張臉微微笑了一下，舒賓也向她微笑，並沒有說什麼，只是輕輕地離開了。

她想留住他，可怎麼也想不起該怎麼挽留他。時鐘終於敲了第十一下，她於是開始了漫長的等待。

就這麼等呀等，她已經沒有心思去做其他事了，甚至沒有心思去思考。她的心又開始激動起來，跳得比之前更快，而且越來越快。奇怪的事情發生了，時間似乎也飛馳得更快了些，一刻鐘……半小時……葉琳娜覺得好像又過了好幾分鐘，然後她忽然渾身一顫，鐘沒有敲十二下，而只敲了一下。

「他不會來了，他真的走了，沒有一句辭行的話。」想到這裡，一股血液猛然間湧進了葉琳娜的腦中。她覺得喘不上氣來，就想大哭一場，她奔回了自己的房間，捂著臉，哭著撲倒在床上。

她在床上靜靜地躺了有半個小時了，淚水透過指縫滴在枕頭上。猛然間，她抬起身子坐起來，心中生出了一個奇怪的想法。她的面容很憔悴，雙眼也哭腫了，她皺著眉頭，緊閉起雙唇。

又過了差不多半小時，她最後一次豎起耳朵仔細聽了一下，那熟悉的聲音真的沒有出現嗎？她站起身子，迅速戴上帽子和手套，把披肩披上，悄悄地溜出了家門，沿著小路快步向別爾謝涅夫的住處走去。

chapter 18 私訂終身

葉琳娜一路走著，時不時地抬頭望望前方。她無所畏懼，無所顧慮，只是一心想著能再一次見到英沙洛夫。

她一路走著，甚至沒留意到太陽早已在遠方沉默，一朵朵濃重的烏雲悄悄飄了出來，風猛烈地在樹林間呼嘯，把她的衣衫掀起，頓時塵土飛揚，凌空騰起在大道上。

雨珠大滴大滴地灑落了下來，而她也沒留意到。雨下得越來越大，越來越猛烈，還夾雜著閃電與雷聲。

葉琳娜停下腳步，環視四周，幸好在雷雨來襲的前方，一座坍塌的水井旁邊，有一個廢棄的老式小教堂，於是她就飛快地向那裡奔去，在那低矮的屋簷下避雨。

大雨傾盆而至，天空烏雲密佈，葉琳娜無言地懷著絕望凝視著面前這急雨構成的一張密網。她和英沙洛夫見面的最後一絲希望也破滅了。

就在這時，一個乞討的老婦人也走進了教堂，她甩了甩身上的雨水，向葉琳娜鞠了一個躬，說：「來躲雨呀，善良的姑娘。」接著就喃喃地嘆息著，在井邊臺階上坐下了。

葉琳娜把手伸進了口袋，老婦人注意到她這一舉動，那張也許曾經美麗的滿布皺紋的臉忽然顯得精神煥發起來。「謝謝你，善良的施主。」她說道。可不巧的是葉琳娜並沒有在口袋裡找到錢包，而老婦人已經把手伸過來了。

「我忘了帶錢包，老奶奶，」葉琳娜說：「就收下這個吧，可能對你會有些用處的。」她把自己的手絹送給了她。

「啊，呵，你，姑娘呀，」老婦人說，「我要你的手絹沒用，給孫女兒當嫁妝嗎？你會有福報的！」

轟隆隆……一聲雷鳴。「我的主，耶穌基督啊，」老乞婆輕聲祈禱，畫了三次十字。「我好像在哪見過你……你好像曾經施捨過我這個討飯婆呀！」

葉琳娜看了老婦人一眼，也認出她來。「對呀，是老奶奶你呀，」她興奮地說：「你還問過我，爲什麼我那時如此憂愁呢。」

「對啊，寶貝！對啊。就因爲這個我才能再次認出你來，你現在看起來也愁眉不展啊。瞧你的手絹都被淚水浸濕了。啊，你們這些年輕女孩，都是在爲同一件事而憂愁啊，這痛苦真不得了哦！」

「你說的是什麼呢，親愛的老媽媽？」

「你問我你爲什麼憂愁？啊呀，小姑娘，你是瞞不過我這個老婆子的，我知道你此刻是在爲什麼難過。你的憂愁並不在於吃穿，你得知道，親愛的姑娘，我也年輕過，我可是過來人。爲了報答你的善良，我跟你說句真話，要是你遇上了個好人，而且確定不是浪蕩子，你就得抓牢他，抓得死死的。要是行，那就好，要是不行，就是天意了！

「是啊。你覺著我奇怪嗎？對了，我其實是個算命的。要不要我幫你把所有苦難和你那手絹兒一塊帶走？我把所有的都帶走，也就好啦。你看，雨小些了，你再多待一會兒，我先走了。我也不是第一次變落湯雞了。記住了，親愛的寶貝！憂愁是有的，但終究會消失，轉眼就會沒影兒啦。上帝啊，憐憫我吧！」

老婦人從井臺邊站了起來，慢悠悠地從教堂走去。葉琳娜迷惘地看著她遠去的背影。

「她說的是什麼意思呢？」她不由得低頭琢磨。

雨漸漸停息了，太陽忽然又露出頭來，葉琳娜打算離開她的避雨所。突然，在離教堂十步遠的地方，英沙洛夫裹著一件披風，出現在葉琳娜剛走過的那條路上，看樣子是在往家趕。

她用手肘在門廊下的腐朽欄杆上撐住，想要喊住他，可是怎麼也叫不出聲音來，英沙洛夫擦肩而過，他也沒有抬起頭。

「德梅特里！」她還是喊出了口來。

英沙洛夫突然頓住，回頭一看，起初幾秒鐘裡，他並沒有認出葉琳娜，但還是立刻就走向她。

「是你！你在這裡！」他驚叫。

她默默地退回了教堂。英沙洛夫也尾隨葉琳娜身後進來了。

「你怎麼在這裡？」他問。

她仍舊不作聲，只是以一種凝重而又溫柔的目光凝視著他。

他禁不住垂下了眼簾。

「你是從我家過來的？」

「不是，不是從你家。」

「不是嗎？」她重複著他的話，努力擠出笑容，「那麼你沒有兌現你的諾言！我從早上就在等著你的到來！」

「昨天，我，你知道的，葉琳娜，我沒有承諾過要來啊！」

葉琳娜再次勉強一笑，用手胡亂在臉上撫摸著，那手和臉一樣蒼白。

「這麼說，你是想跟我們不告而別嗎？」

「是的。」英沙洛夫壓低聲音鄭重地說道。

「爲什麼這樣？我們是認識的，還有過那些談話和那麼多回憶啊，啊！如果我沒有在這兒遇上你的話，」葉琳娜的聲音開始歇斯底里，又略停了一會兒，「那你就真的離開了，也不跟我最後道一次別，你難道就不覺得遺憾嗎？」

英沙洛夫把身子轉過去，儘量避免看到她！

「親愛的朋友，請不要說這些吧。你就是不說什麼我也已經夠難過的了。你也許不相信，我費了很大力氣才做出來這個決定。要是你瞭解……」

「我不明白，」葉琳娜似乎驚恐至極地打斷他，「你爲什麼一定得離開……很顯然，這樣做是必然的，因此，我們必然是要分開的。我覺得，你是不會無緣無故地讓你的朋友們難過的，但是難道就只能這樣跟朋友道別嗎？我是你的朋友，這樣說沒錯吧？」

「錯了。」

「哪裡錯了？」葉琳娜喃喃說道，面頰上頓時浮起一圈紅暈。

「我正是爲了這個才決定走的，因爲我們從來都不是朋友，你瞭解嗎？請別逼我說出我不想說的話，好不好？」

「你先前對我是這樣坦誠。」葉琳娜有點生氣地說，「你還記得嗎？」

「那時候我可以做到坦誠，因爲那時候我沒什麼可隱瞞的，可是如今……」

「現在怎麼樣？」葉琳娜追問道。

「但是現在，但是現在我必須得離開了。再會吧！」

要是在這時候英沙洛夫能抬起眼睛來看看葉琳娜的話，他就會發現，他自己越是愁眉不展，越是臉色陰沉，她的神情反而愈發光彩熠熠呢，不過他始終只是固執地望著地面。

「好啊，那再見了，德梅特里，」她說道：「可是，我們既然已經相遇了，就至少握握手告別吧！」

英沙洛夫猶豫地伸出手來。

「不了，我覺得就連這個我也不行。」他終於再次背過身去。

「這樣都不可以嗎？」

「不可以，再見了。」

說完就向教堂的門口走去。

「請再等一下兒，你好像有點怕我，而我應該比你勇敢一些，」她突然全身微微戰慄起來，繼續說道：「你想我跟你說些什麼嗎？我可以跟你說，爲什麼你這麼巧會在這兒見到我？你知道，我是打算去哪兒的嗎？」

英沙洛夫詫異地望著葉琳娜。

「我是去找你的。」

「去找我？」

葉琳娜害羞地捂住了自己的臉。「你非要逼我說出我愛你嗎？好的！那現在，我說了。」

他感到全身的血液都開始沸騰了。葉琳娜正是那個讓他日思夜想的人，可他仍舊不敢相信，她也這麼深情地愛著自己，兩顆心激烈地碰撞在了一起。

「葉琳娜！」英沙洛夫禁不住喊出聲來。

她的手輕輕動了動，便一下子撲倒在他的懷裡。

他緊緊地把她抱住，深情地望著她卻沒有說話，此時無聲勝有聲。從他那聲勇敢的呼喊，從那刹那間他整個人的變化，從她信賴地偎依著的起伏的胸膛，從他在她髮際間輕輕遊走的指尖，葉琳娜可以感覺到，她正被深深地愛著。他沒有出聲，她也很安靜。

「他就在自己的身旁，他愛著我，這還需要別的什麼嗎？」

此刻甜蜜的寧靜，在這與世隔絕的世外桃源中的寧靜，在圓滿落幕之後的寧靜，就是對於死亡也能賦予意義和美的寧靜，天堂般的寧靜，就是這種寧靜，此刻正以其聖潔的波瀾洗滌著她的身心。她已別無他求，因爲她已擁有了全部。

「啊，兄弟，朋友，親愛的！」她喃喃低語，自己也不清楚，這顆正在她懷中甜美地跳動著、融化著的心是屬於哪個的，是他的，還是她自己的？

他站在那兒，沒有動彈，用自己強健的臂膀抱住這個年輕的、被融化的生命，他感受著自己懷裡的嬌豔欲滴又無限珍貴的負荷，內心裡滌蕩著深情，莫名其妙的感激的深情，使他頑強的靈魂也漸漸化爲了灰燼。

於是，他從來沒有體驗過的淚水，慢慢地從他的眼睛裡湧了出來，而她似乎沒有動情，只是不停地呢喃：「啊，朋友！啊，兄弟！」

「那麼你願意跟我去天涯海角嗎？」一刻鐘後，他對她說，依舊緊緊地把她抱在懷裡。

「天南地北，咫尺天涯。你去哪兒，我就跟你去哪兒。」

「你不要欺騙自己了，你知道的，你的父母絕不會同意我們的婚姻。」

「我不會自欺欺人的，這我很清楚。」

「你知道的，我很窮，算是身無分文。」

「我完全瞭解。」

「你知道的，我並不是俄羅斯人，也不可能住在俄國，你得跟祖國、親人斷絕所有的往來。」

「我知道，我完全知道。」

「你知道的，我已經將自己獻給了一項艱巨的、無法預知結果的偉大事業，我……我們將遭遇的不僅是危險，還可能是貧困和屈辱。」

「我知道，我什麼都知道，我也知道我愛你。」

「你知道你必須拋棄自己所習慣的所有東西，在那裡，在陌生的人群當中，也許，你還不得不操勞、工作……」

她急忙伸出手堵住他的嘴。「親愛的，我愛你。」

他熱烈地親吻著她纖秀、玫瑰色的手。葉琳娜並沒有抽回置於他唇邊的玉手，而是懷著一種孩子般的興奮和勇敢的好奇凝望著他，看他如何在她掌心中，在她指尖上印上許許多多的吻痕……剎那間她的臉紅透了，迅速地把自己的嬌容埋進他的懷中。他深情地將她的頭捧起，含情脈脈地凝視著她的雙眸。

「那，你好，」他對她說道：「我在世人和上帝面前的妻子！」

chapter 19

恍若夢境

一個小時後，葉琳娜一手揑著帽子，一手拖著披肩，輕輕地踏進了別墅的客廳。她的髮型略微凌亂，兩頰上泛著一團小小的紅暈，唇邊仍舊停留著微笑，雙眼半開半閉，好像也在微笑著。

她很疲憊，似乎連腳都抬不動了，但疲憊又使她感到快樂，這一切都讓她愉快。她感覺一切都變得可愛親切。

瓦蘇爾倚在窗邊坐著。她走到他跟前，一隻手搭在他肩頭，身子慢慢探過去，也不知爲什麼，禁不住笑出了聲來。

「有什麼好笑的？」他覺得奇怪。

她也不知道該怎麼說，只是想親一下瓦蘇爾。

「一切都好啦……」她終於還是喃喃地開了口。

可瓦蘇爾就連眉毛也沒動一下，只是好奇地注視著葉琳娜。她把披肩和帽子一起丟到他的身上。

「我親愛的瓦蘇爾，我想睡覺了，感覺好累哦。」說著她又笑了起來，順勢倒進了他身邊的一把圈椅。

「咦，」瓦蘇爾清了一下嗓子，又扭轉手指，「那麼，應該，好吧……」

葉琳娜環顧著四周，心裡想道：「我馬上就要跟眼前的這一切分開啦，說也奇怪，我心裡竟然一點兒也不害怕，不迷茫，也不惋惜，也沒覺得捨不得媽媽！」

然後，她眼前又浮現出那座小教堂，他悅耳的聲音依舊在她耳邊縈繞，她感到他的手正緊緊地環抱著她，她的心快樂至極，但同時也因疲憊而輕輕顫動，那是一種壓抑的幸福的疲乏。

她想起了討飯的老乞婆。「真的，她將我的痛苦全都帶走了。啊，我是這麼幸福！我多麼不該擁有這樣的幸福啊！來得這麼快！」

她只要稍微放鬆，那甜蜜的、氾濫的淚水就會一發而不可收。她也只能用微笑來抵擋它們的到來。無論是坐著、站著，還是躺著，無論採取怎樣的姿勢，她都覺得十分愜意，十分方便。她就像躺在搖籃裡一樣，聽著催眠曲慢慢入睡。

她的動作變得輕緩柔和。她的急躁與無所適從全都無影無蹤了。這時，卓婭走進了客廳，葉琳娜堅定地認爲，她再也沒見過比這更漂亮的臉蛋了。

安娜也走進來了，葉琳娜的心頭猛地被刺痛了一下，她將自己慈祥、和藹的母親抱在懷裡，親吻著她那斑白已久的鬢邊，心中滿是無限柔情。

她走進了自己的房間，房裡的一切似乎都在欣喜地向她微笑！她是懷著一種羞怯的勝利感和柔美的情懷在自己那張小床上躺下的！就在這張床上，就在三小時以前，她經歷了多麼痛徹心扉的分分秒秒啊！

「那時我就知道他也愛我，」她心想，「以前我也……啊呀！不了！不了！那是會受到詛咒的。」

「我是他的妻子……」她嬌羞地自言自語，雙手捂著緋紅的小臉，埋在膝蓋裡。

黃昏的時候，她開始變得安靜憂鬱。一想到這麼長時間見不到英沙洛夫，愁眉便緊鎖起來。他不可能還住在別爾謝涅夫家裡，那樣會引起別人的注意。所以他跟葉琳娜約好，他還是要回莫斯科去，秋天以前只可以到她家去一兩次。她答應給他寫信，要是可能的話，就在昆卓沃近旁的什麼地方約會。

吃茶點時，她在客廳裡見到全家人，也有舒賓。他一過來，便目光灼灼地注視著她。她本來想像從前一樣，跟他像朋友似的聊聊天，但又懼怕他那看穿人心的目光，更害怕她自己的窘況會被他察覺。她知道兩周以來他不來打擾她是有原因的。

沒過一會兒，別爾謝涅夫也來了，他真誠地向安娜轉告了英沙洛夫的慰問，同時也誠摯地向她表示歉意，說英沙洛夫回到莫斯科去了，沒來得及特地向她辭行。

這是一天以來第一次有人在葉琳娜面前提到英沙洛夫的名字，她覺得臉頰發燙，同時也覺得，她還是應該對這樣一位相識的人突然不辭而別表示一下起碼的惋惜，可是她還是沒能強迫自己僞裝，所以就繼續保持一動不動、沉默不語。

安娜嘆著氣表示對這不辭而別的惋惜之情。葉琳娜極力讓自己離別爾謝涅夫近一點，她並不是很怕他，雖然他知道她的一部分秘密。在他的庇護下，她能夠躲開舒賓——他正專注地盯著她，不過那眼神並不是嘲笑，而是一種意味深長的關切。

整個晚上，別爾謝涅夫的臉上也掛著一種困惑不明的神情，他原本以爲葉琳娜會表現得更難過些的。好在他跟舒賓之間展開了一場關於藝術的爭論，這正中了葉琳娜的下懷。

她退到一旁，好像在夢境裡傾聽著他們的聲音，漸漸地，不只是他們兩個，甚至是整個房間，包括她周圍的所有一切都恍如夢境了。所有的東西……包括桌上的茶炊和瓦蘇爾的短坎肩，卓婭的光鮮的手指甲，牆上的康斯坦丁·巴甫洛維奇大公的油畫肖像，全都在遠遠地消逝，逐漸隱沒在一陣迷霧中，最後全都消失了。

她油然升起一種對其他所有人的憐憫之情。「他們都是爲了什麼在活著呢？」她心裡想。

「你睏了嗎，列諾奇卡？」母親向她詢問。她完全沒有聽到母親的問話。

「你說的是似是而非的暗示嗎？」舒賓刺耳的話語忽然一下子把葉琳娜喚回到現實中。

「也許是吧，」舒賓接著說：「有趣的恰恰是這一點。完全真實的暗示會讓人倍感沮喪，對理想化的暗示，人們往往表現得淡漠，這也一樣是愚蠢的。似是而非的暗示才令人頭痛，把人變得理想化呢！比方說，要是我說，葉琳娜愛上了我們其中一人，這就是那種類型的暗示，你覺得呢？」

「啊呀，舒賓，」葉琳娜微怒，「我倒是想表示一下現在我有多惱火，但是說真的，我做不到，我十分疲憊啦。」

「你爲什麼不去休息會兒？」安娜低聲說道，她自己一到晚上就老是打盹，所以也老是喜歡打發別人去睡覺。「跟我說聲晚安，就休息去吧，上帝與你同在。安德列不會覺得你失禮的。」

所以，葉琳娜親吻了她的母親，匆匆向大家行了個禮便離開了，舒賓送她到了門口。

「葉琳娜，」到了門口，他輕聲說：「請你把舒賓踩在腳下吧，你可以大搖大擺地從他身上踏過去。舒賓會祝福你的，祝福你的小腳和你的小鞋子，甚至是小鞋子上的鞋後跟。」

葉琳娜微微聳聳肩，不情願地把手伸向他，不是英沙洛夫吻過的那隻手。回到自己的房間，她馬上脫掉衣服，很快進入了夢鄉。

她睡得非常熟，連小孩子也未必會睡得如此香甜。只有大病初癒的嬰兒，當母親坐在他的搖籃邊凝視他，聆聽他呼吸的時候，才能夠睡得這樣香甜。

chapter
20
寓意

「你到我這裡來一下，」別爾謝涅夫剛要向安娜道別，舒賓便喊了他，「我有點兒東西給你看。」

別爾謝涅夫便隨他到了廂房裡。房間的各個角落都擺滿了作品——立像、胸像，每一件都蓋著濕布，令他感到驚異不已。

「我目之所及就知道你是如此廢寢忘食地工作啊！」他對舒賓感嘆。

「總不能無所事事吧，此件不成，就該嘗試另一件，是吧？不過，我更像是個科西嘉人，相對於純藝術，更重視近親復仇的事！」

「我不明白你的意思。」

「不要著急，親愛的朋友與恩人！即將登場的是我的復仇一號。」

舒賓掀開一座塑像上的濕布，一座塑得極其出色、酷似英沙洛夫的胸像便呈現在了別爾謝涅夫的面前。舒賓將他臉部的特徵掌握得惟妙惟肖，同時又賦予了他優美的表情：忠誠、高貴、勇敢。別爾謝涅夫十分喜歡。

「呀，這太完美啦！」他大聲說道，「祝賀你成功啦，可以去展覽了！恕我愚昧，請問你爲什麼把這個偉大的傑作叫作復仇呢？」

「爲了……因爲我準備把你稱讚爲偉大傑作的這個雕像送給葉琳娜，作爲她的生日禮物。你瞭解它所包含的寓意嗎？我們都沒有瞎，我們對於周遭發生的事情都一清二楚，不過我們都是紳士，朋友，我們只有以紳士的方式去復仇。」

「你來看，」舒賓找出另一座塑像，「按最新的美學觀點，當一個藝術家將人世間的醜陋的藝術視爲珍品時，他擁有在自己內心世界體現一切醜惡的令人羨慕的權利，那麼我們再複製這一件珍品的時候，我就完全不是以一個紳士的身分，而只是作爲一個科西嘉人在實施『復仇』了。」

他順手又揭去了另一塊蓋布，一尊丹唐風格的小立像立即呈現在別爾謝涅夫眼前，是一個同樣的英沙洛夫胸像。你再也想像不到比這更加惡毒、更加滑稽的東西了。

保加利亞的年輕人被塑造成一頭兩隻後腿立起、犄角前傾、意欲進攻的公羊，愚蠢的莊嚴、急躁、頑劣、笨拙、狹隘，全都栩栩如生地再現於「細毛公羊」的神情上，可同時，這雕像又與英沙洛夫驚人地相似，令人不容置疑，不由得讓別爾謝涅夫忍俊不禁。

「怎麼樣？有趣嗎？」舒賓說：「你能辨認出這是哪位英雄嗎？這你也建議送去展覽嗎？這一尊，兄弟，我想送給自己作爲生日禮物，請允許我也放縱一回！」然後，他蹦了蹦，試圖讓腳後跟踹到自己屁股。

別爾謝涅夫從地上把蓋布撿起來，直接往那座小立像上扔去。

「呀，你這人真是寬宏大量，在歷史上有誰能與你媲美啊？啊，反正還不都一樣！此刻嘛，」舒賓接著說，又鄭重而略顯悲哀地掀開第三座——一堆很大的黏土，「你所目睹的，將是用來向你證明你朋友的謙虛與遠見卓識的，你將發現，他——作爲一位名副其實的藝術家，仍然感覺自嘲是必要和有益的。看！」

蓋布揭開後，兩顆緊靠在一起的，像長在一起的腦袋再次呈現在別爾謝涅夫面前……他並沒有立刻明白這是怎麼回事，可是，他湊近仔細一看，就發現其中的一個是安奴什卡，另一個是舒賓本人。

與其說這是個肖像，還不如說這是漫畫。安奴什卡被塑造成一個漂亮的胖女孩，額頭略凹，眼睛浮腫得有些誇張，作者還大膽地把她的鼻子翹起來。她的厚嘴唇肆無忌憚地譏笑著，整個面容都彰顯著肉欲、輕佻與放肆，並且不失溫厚。舒賓則把自己塑成了一個虛弱、消瘦的浪蕩子。兩頰凹陷，幾綹稀疏的毛髮無力地垂下來，黯淡無光的眼神中透露出一副茫然淡漠的神情，鼻子尖尖地挺著，如死人一般。

別爾謝涅夫厭惡地把頭轉了過去。

「多麼般配的一對啊，對嗎，朋友？」舒賓喃喃低語道：「能不能請你給這些雕像題個恰到好處的名稱呢？前兩件我都已經想好標題的名稱了。那座胸像就叫『試圖拯救祖國的英雄』，那座小立像，就叫『灌臘腸的，請小心』，而這一座你覺得稱為『藝術家巴維爾．雅科夫列維奇．舒賓的未來』怎麼樣？你說行嗎？」

「快結束吧，」別爾謝涅夫略顯厭惡地說：「簡直是在浪費時間……」他一時也找不出恰當的語言來表達。

「你是說我浪費時間在這骯髒的玩意兒上嗎？錯了，恕我冒昧，我想要是真有什麼東西值得被送去展覽的話，那無疑就是這一座雙人像。」

「就是骯髒的玩意兒，」別爾謝涅夫接著他的話說，「你為什麼要這樣胡鬧？你身上根本沒有往那個方向發展的潛力。可不幸的是，一直到現在，我們的藝術家們還都只是些極富天賦的人罷了。你這簡直就是在妄自菲薄。」

「你是這樣認為的嗎？」舒賓有些陰鬱地說：「要是我身上本來沒這種苗頭，但後來卻染上這種病症的話，那就只能是一位女士的錯了。你清楚嗎？」他深鎖眉頭悲傷不已，又說：「我已經嘗試著喝了好幾次酒啦。」

「你沒說實話！」

「我真的試過了！」舒賓忽地咧開嘴笑了，臉上漾著異樣的光彩，「心裡很難受呢，兄弟，那酒真是難以下嚥，喝完後腦子裡像在擂鼓似的。有人說，偉大的盧西亭——哈爾拉姆皮．盧西亭，莫斯科的第一人，大俄羅斯的首要酒罈子。他曾經說我是個沒出息的人，也就是說我跟酒瓶沒緣分。」

別爾謝涅夫原本想甩手把那座群像打翻，但是舒賓卻立刻攔住了他。

「好了，好朋友，別砸它，可以以此爲戒呢，就像那種嚇唬鳥兒的稻草人。」

別爾謝涅夫一聽便哈哈笑了起來。「好吧，既然是這樣，我姑且饒了你的稻草人，」然後，他又慢悠悠地說，「無限純潔的藝術萬歲！」

「萬歲！」舒賓接著他的話喊，「有了這藝術，美好的事物也會更加美好，糟糕的也將變得更糟糕！」

兩位朋友緊緊地握了握手，就分別了。

chapter 21 迷惑

當葉琳娜睜開眼睛的時候，她首先感覺到的是一種近乎愉悅的驚恐。「難道這是真的嗎？是真的嗎？」她不斷問自己，她的心幸福地收緊了。回憶猶如潮水一般，陣陣湧來，將她淹沒。

接著，幸福、喜悅的甜美又悄悄地籠罩住了她。到了清晨，她又逐漸變得不安起來。此後的幾天裡，她又變得慵懶、憂愁。

的確，她現在已經知道她想要的是什麼了，但她要的這東西並沒給她帶來輕鬆。那次刻骨銘心的約會使她已經完全脫離了舊日生活的軌道。她已不在那條軌道上運轉，甚至是遠遠地離開了，但是她周圍的一切仍舊照著慣常的秩序在行進，所有的東西都沿著舊日軌道在運轉著，好像什麼都沒有發生過，原來的生活依舊在原樣行進著，依舊期待著葉琳娜的熱情參與。

她曾試圖給英沙洛夫寫信，但是她很快就發現就連這個她也無法辦到。話一經落到紙上，表達的除了極端的有關死的語言，就是胡言亂語。

她也沒有再寫日記。在最後一行的下面，她畫了一道粗重的黑線，代表過去都早已成為過去，而她的全部的思想和整個身心都投入到了未來，這讓她變得很沉重。而這一切她的母親絲毫沒有察覺。

她們坐在一起，聽她說著話，回答她提出的問題，跟她聊東聊西——這些都讓葉琳娜覺得有很濃厚的犯罪感，這讓她覺得自己很虛偽。她迷惑了，雖然沒來由地臉紅，可很多次，她心頭都會萌生想把一切和盤托出的欲望，把所有的一切毫無隱瞞地全都說出來，不計較後果會怎樣。

她心想：「為什麼當時德梅特里沒有直接從教堂把我帶到他所謂的『天涯海角』去呢？他不是承諾我是他在上帝面前的妻子嗎？那我為什麼等在這裡呀？」

她一下子變得怕見所有的人，包括瓦蘇爾，他比以前奇怪多了，手指扭動得也越發頻繁了。周圍的一切都讓她覺得疏遠、厭煩，甚至連一場美夢也再沒出現。這似乎是一個噩夢，一個沉甸甸的揮之不去的負擔，在她胸口重重地堵著。

一切似乎都在譴責她，在憤恨她，對她絲毫不理會。它們彷彿在說：「不管怎麼說，你總是我們的主人呀。」就連被她收養的那幾隻發育不良的小鳥兒和小動物們也都以一種——至少她是這樣覺得——懷疑和敵對的目光看著她。

這些奇怪的感覺讓她感到不安和羞愧。「這兒終究還是我的家啊，」她心想，「是我的家鄉，我的偉大的祖國……」不過另一個聲音又在不停地勸她：「不是，這裡已經不是你親愛的祖國了，也不再是你的家。」

恐懼將她籠罩著，她惱恨自己的意志爲什麼這麼薄弱。苦難才剛剛開個頭呢，而她卻已經喪失了所有耐心……難道這是她曾應許過的態度嗎？

她並沒有很快地掌握住自己。可時間仍舊飛快地過去了，葉琳娜逐漸鎮靜了下來，也慢慢開始習慣了自己的新位置。她給英沙洛夫寫了兩封短信，並自己送到了郵局——既是出於害羞，也是出於驕傲，她是絕對不能把這事交給女僕去辦的。

她已經開始期盼著他的到來。但是，就在一個萬里無雲的早晨，她沒有等到他出現，卻等來了尼古拉。

chapter 22

求婚

退役近衛軍中尉斯塔霍夫，從來沒人見過他的心情像今天這樣糟糕，但他仍表現得自信而且威嚴。他身穿大衣，頭戴帽子，慢悠悠踱進了客廳——雖然走得很慢，但步子邁得很大，鞋後跟咚咚作響。

他來到鏡子前面，久久地端詳自己，和藹而又不失嚴肅地搖了搖頭，咬住嘴唇。安娜上前迎接他的時候，顯得異常激動，同時內心裡也欣喜不已（她從未用這樣的心情來恭候他）。他甚至沒把帽子脫下，也沒向她問好，只是安靜地讓葉琳娜吻了吻他那只麂皮手套。

安娜開始詢問他事情的進展情況，但他卻沒有回答她哪怕隻字片言。這時，瓦蘇爾也來了，他瞥了他一眼說：「啊！我親愛的朋友！」

在瓦蘇爾面前，他的態度一般都很冷淡，甚至有些倨傲，儘管他承認他身上有「真正斯塔霍夫的血統」，卻仍然如此。

大家都知道，絕大多數的俄國貴族世家都堅信種姓特徵只存在於他們獨有的特殊家族中。我們曾多次有幸聽到「在閨中密友間」談論有關「比德薩拉斯金式的」鼻子和「比勒普雷葉夫式的」後腦勺之類的話題。

這時卓婭也進來了，向尼古拉躬身問好。接著，就「撲通」一聲坐到一把安樂椅裡，直到確定要一杯咖啡，這才把帽子脫下來。

咖啡送來時，他邊喝邊環顧眾人。「乾杯，」他費勁地從牙齒縫中擠出這句話，接著又對妻子說：「乾一杯。」

大家全都退出去了，屋子裡只剩安娜一人。她激動得渾身打戰。尼古拉那嚴肅的方式令她詫異不已，她期盼著能發生些異乎尋常的事。

「這到底是怎麼一回事？」一關上門，她就大聲質問。

尼古拉只向安娜投去了一個不以爲然的目光。

「一切都應順其自然，你爲何要擺出一副受難者的模樣？」他故作姿態地每說一句話便往下拉一拉嘴角，「我只是想要事先告知你，今天有位新客人要來我們家就餐。」

「誰要來？究竟是誰呀？」

「伊戈爾・安德列耶維奇・古爾內托夫斯基，是樞密院的最高秘書。你可能不認識他。」

「他今天要到我們家來就餐？」

「是。」

「難道你就爲了告訴我這個才遣散大家的？」

尼古拉又極具諷刺性地瞥了瞥安娜。

「你覺得這很奇怪？告訴你，更奇怪的事還在後頭呢。」

他保持緘默。安娜也安靜了一會兒。

「我其實更願意……」她又開口。

「我明白，你總是以爲我是個缺乏教養的人。」尼古拉突然來了這麼一句。

「我啊！不是的……」安娜有些惶惑地低聲說：「也許，你是對的。我得承認，你總能恰逢其時地找到合適的理由來表示對我的不滿（「兩匹灰色的馬」在安娜腦海中瞬間一閃），儘管你自己也深信不疑，就你所熟悉的情況而言，你這體質……」

「可我完全沒有責怪你的意思，尼古拉。」

「不管怎樣，我並不想辯解什麼，我相信時間能證明一切。但是我覺得我有責任使你相信，我深刻地瞭解我應盡的責任，同時考慮到……考慮到囑咐我照顧你的……囑咐我照顧你的家族的利益。」

「他爲什麼要跟我說這話？」安娜心想，她對於這一切一無所知。

就在昨天晚上，在英國俱樂部的休息室的某個角落裡，舉行了一場關於俄國是否不善於演說的辯論。

「我們中間有誰會演說？請站出來吧！」一個爭論者大聲地嚷道。

「斯塔霍夫就很擅長演講呀！」另一個人一邊回答，一邊指了指尼古拉。他立刻站起身來，得意得幾乎尖著嗓子喊出聲音來。

「譬如，」尼古拉繼續說：「你有沒有覺得我的女兒葉琳娜已經到了要在人生道路上邁出堅定的一步的時候了……我是說出嫁，所以那些空談呀，慈善事業呀，都可以不聞不問，不過總要適可而止，有個年齡的限度。現在是她抛開那些愁雲迷霧，從五花八門的藝術家、學者、黑山人[31]的圈子裡走出來，融入大家的生活圈子的時候啦！」

「你這是什麼話？」安娜問。

31. 原文為法文。

「請你聽我繼續說下去，」尼古拉依舊耷拉著嘴角說：「我實話跟你說，不拐彎抹角了。我認識並刻意接近這位名叫古爾內托夫斯基的年輕人，我希望他能成爲我的女婿。我敢保證等你見到他以後，就不會再責備我自作主張，或者是判斷失誤了。」

尼古拉一邊說一邊欣賞著自己的精彩演講。

「那年輕人受過極好的教育，是貴族法學院的畢業生，儀表堂堂，三十三歲，是最高秘書，脖子上還常佩戴著斯坦尼斯拉夫勳章。我希望你可以公正地看待我，不要把我看成是那種只熱衷於追求功名利祿的異類。可是你也曾親口說過，說葉琳娜喜歡踏實肯幹的、事業有成的人，伊戈爾在他的事業上就是一個出類拔萃的人物。而且，如今，我的女兒一直以來都是寬宏大量、捨己爲人的。而，你也應該知道，伊戈爾一旦有可能靠自己的薪水過上小康生活的時候，就會立即將父親給他的一份年金贈送給他的兄弟們，你明白我的意思吧！」

「他的父親是誰？」安娜問。

「他父親？從某種程度上來說，他父親也算是一位知名人士，非常德高望重，似乎還是個退伍的少校，主要是爲伯爵管理所有的田產。」

「啊！」安娜輕呼道。

「啊什麼？」尼古拉繼續說，「難不成你有什麼別的見解？」

「我什麼也沒說呀……」安娜剛開口就被打斷了。

「不對，你『啊』了一聲，不管怎樣，我覺得還是有必要提早告訴你我的想法，並且，我真的希望，古爾內托夫斯基先生應該受到禮貌、鄭重的款待，他並非什麼無關緊要的黑山人。」

「當然了，只要吩咐廚子瓦尼卡，讓他多準備些菜肴。」

「你知道的，我一向對這種事沒有興趣。」尼古拉站起身來，把帽子戴好，吹起口哨（他曾聽說，只有在自家別墅裡或馴馬場裡才可以吹口哨），便徑直向花園走去。舒賓在自己房間的窗口看著他，向他吐了吐舌頭。

三點五十分的時候，斯塔霍夫家別墅的門口駛進一輛租用馬車。一位儀表端莊，衣著樸實而雅致的中年先生，從馬車裡彬彬有禮地走了出來，然後便吩咐僕人進門通報。這就是伊戈爾。

在那之後的第二天，葉琳娜在給英沙洛夫的信中寫下了這樣的一段：

哦，我很煩惱，我親愛的德梅特里，有人向我求婚了。他昨天在我家與我們共進晚餐，是爸爸在英國俱樂部裡認識的，然後就請他來了。

不過，他昨天不是專程為求婚而來的，可我親愛的媽媽，在聽了爸爸的解釋後，就偷偷地告訴我那是怎樣的一個客人。他叫伊戈爾．安德列耶維奇．古爾內托夫斯基，在樞密院裡做最高秘書。

我先描述一下他的外表！他個子不高，比你矮些，身體強健，五官周正，短短的頭髮，還蓄著絡腮鬍，眼睛一點也不大（跟你的差不多），淡褐色，很靈活呢，扁而寬的嘴唇，臉上時刻蕩漾著笑意，就是那種例行公事的笑容，彷彿這笑容在他臉上值班。他舉止恬淡，談吐清晰，所有表現都恰如其分，行動、言笑、飲食，都是一本正經的。

我研究得可真仔細！也許你這會兒會這麼想，對嗎？是呀，這些都僅僅是為了更好地向你介紹他，況且誰能對自己的求婚者無動於衷呢！他身上蘊藏著某種磁鐵般的東西——遲鈍而空虛，不過還算是正派的。聽說，他真的十分正派。你也讓我有磁鐵一般的感覺，但與其迥然不同。

就餐時他坐在我旁邊，我們和舒賓面對面，剛開始話題談的是一些有關商業的事，早聽說這是他的強項，幾乎要為一家大工廠拋棄官職呢，可他最後還是沒有隨波逐流！後來舒賓又談起了戲劇，古爾內托夫斯基先生說他對藝術一竅不通，這一點我深信不疑。然後我就想起了你……可是我反覆揣度，還是覺得不對勁，我和德梅特里都不瞭解藝術，跟這位先生還是有差異的。

這位先生似乎想說：「我不瞭解藝術，而藝術也確實是無足輕重的，只不過在一個治理良好的政府裡，藝術還算是無傷大雅的。」他對彼得堡和那裡的藝術家是極其厭惡的，有一回他甚至宣稱自己是無產階級。他說他們只是些幹粗活的工人。

我那時就想，要是德梅特里這麼說，我肯定會不高興的，但這是他在說，那就隨他便吧！就讓他去吹吧！雖然他與我意見相左，可是這絲毫無損與我交談的這個人是一個十分遵紀守法的官員。當他想要誇獎某人的時候，他會說某某人很守規矩——這是他朗朗上口的一個口頭禪。

他絕對是個自信、肯幹、樂於無私奉獻的人（你看我是公正客觀的吧），雖然他能夠在自己的利益上做出犧牲，但是他卻仍舊是一個不折不扣的暴君，要是落到他手裡那可就淒慘啦！進餐的時候大家還聊到了貪污受賄的事！

「我知道的，」他告訴我們，「在多數情況下收受賄賂並不是犯罪，他其實也是不得已才做的嘛，但是無論如何，他一旦失了手，就必定會大受懲罰。」

我高聲說：「會懲治一個無辜的人嗎？」

「會的，因為世間萬物都有原則啊。」他說。

「什麼樣的原則？」舒賓問。

古爾內托夫斯基略顯惱怒地回答：「這根本無需解釋！」

父親好像十分敬重他，就插嘴說：「當然了！沒什麼可解釋的。」可惜呀，這段談話就這樣中止了。晚上別爾謝涅夫又跟他展開一場異常激烈的辯論，我們的朋友安德列那樣激動，這是我從來沒見過的。古爾內托夫斯基先生完全崇尚科學、高等學校等的作用，但是我還是能夠體會到安德列的忿忿不平，古爾內托夫斯基似乎將所有這些都看成是對身體某方面機能的訓練。

吃完飯以後，舒賓專門找我，跟我說：「瞧這位和另外那位（他沒有提及你的名字）——兩個都是多麼務實的人，可是你也親眼所見，真是有天壤之別啊！那一位是誠摯的、生龍活虎的，為了生活的理想而不懈奮鬥，而這一位甚至缺乏基本的責任感，他所呈現出來的是一種例行公事的正派和幾近虛空的能幹，僅此而已。」

舒賓真的很不簡單，我特地將他的話記了下來以便複述給你。在我看來，你們兩人之間根本就不存在所謂的共同點。你有獨立的信念，那個人卻沒有！一個人不能只固執己見，對嗎？

他很晚才離開，媽媽趁空隙告知我說他喜歡我時，爸爸顯得很開心，他還談論過我呢，說我還很「守規則」！我幾乎要衝口而出，很可惜，我早就有丈夫了。為什麼爸爸那麼討厭你呢？可能媽媽那邊還可以想想辦法……

啊，親愛的！我這樣詳細地給你描寫古爾內托夫斯基，完全是為了消愁解悶啊！我沒法離開你，時刻都想看見你，聽你的聲音，我無時無刻不在期盼著你的歸來，不過不是在我們家，如果像你先前設想的那樣——你想想，那我們將會多麼痛苦，多麼難熬！

你知道我現在是在哪兒給你寫信嗎？就在那個小樹林子裡……啊，親愛的！我是這麼愛你！

chapter 23

密會

距離古爾內托夫斯基的第一次來訪已經三個多星期了，安娜非常開心，因為她突然搬到莫斯科去了，住在她那棟位於普列契斯金卡附近的白色木屋裡，這屋子由廊柱環繞，豎琴和花束點綴著每個窗臺，小屋有陽臺、偏房，屋前有小花園、草坪，院子裡還有一口水井，水井邊是狗窩。

安娜史無前例地提早從別墅搬回來，可當這一年的第一陣秋風刮起時，她的牙床開始膿腫了。

讓我們把鏡頭轉到尼古拉那裡。一個療程結束以後，他便開始思念起妻子，而阿芙庫斯金娜卻到列維爾的表妹家做客去了。

國外某個家族進入莫斯科，正搔首弄姿地展示稱爲展覽的優美體操造型，《莫斯科新聞》上的報導激起了安娜強烈的好奇心。

總的來說，再待在別墅裡會無端給別人添很多麻煩，而且，按尼古拉的說法，與他實施的「預定計劃」是不能兩立的，可是絕對不能容忍。

葉琳娜覺得最後兩周的時間十分漫長。古爾內托夫斯基來過兩次，都趕在週末，因爲其他時間他都公務繁忙。他是專門爲葉琳娜而來的，但更多的時間卻是花在了與卓婭的攀談上。卓婭很喜歡他，時常目不轉睛地望著他有點黑且帶有特殊的男子氣概的臉龐，聽他發表充滿自信而又謙虛、嚴謹的論談。

她心中暗自篤定（僅限她本人的觀點），誰也沒有一副如此悅耳的嗓子，再也沒有誰會這樣自信地充滿魅力地說出「我很榮幸」或者「我十分滿意」之類的話。

英沙洛夫再沒來過斯塔霍夫家，不過葉琳娜曾偷偷在莫斯科河一處小叢林裡見到過他一次。是她約他在那兒見面的，然而他倆匆忙間卻沒能說上幾句話。

舒賓陪同安娜一起返回莫斯科，幾天後，別爾謝涅夫也回來了。

英沙洛夫在他的房間裡坐著，反覆閱讀著從保加利亞「順便捎來」給他的信件。他們不敢從郵局寄東西，這些信件已經讓他感到很是惴惴不安。東歐格局在飛速發展，俄軍攻佔了兩個公國[32]的事情振奮了所有人的心。風暴終於來了，雖然只是嗅到一絲氣息，但即將爆發的戰爭是無法避免的。

烽煙瀰漫，誰也無法預知這烽火將蔓延到何處，又將在何處停止。以往的夙怨，積蓄已久的願望，一切似乎都在蠢蠢欲動。英沙洛夫的心也禁不住怦怦亂跳，他的種種希冀也在漸漸地變成了現實。

「可是會不會來得太快了呀？會不會失敗？」他心想，不由得攥緊了拳頭，「我們還沒有徹底準備好。但是也只能先這樣了！出發的時候到了。」

門外不知什麼東西發出了輕微的沙沙聲。忽然，門被推開了——葉琳娜走進了屋裡。

英沙洛夫渾身顫抖，猛地一下子撲到她跟前，在她的面前跪下，急不可耐地摟住她的腰，把頭緊緊地貼在她的腰上。

「你萬萬想不到我會來吧？」她氣喘吁吁地說道（她是快步跑上樓的），「我親愛的！我親愛的！」她的雙手撫摸著他的頭，眼睛環顧著陌生的四周，「你就住這兒嗎？我這麼快就找到你啦，是你房東的女兒把我帶到這裡的。我們三天前就來了。我

32. 指一八五三年六月克里米亞戰爭前不久，俄軍佔領多瑙河的摩爾達維和瓦拉幾亞兩公國。

想給你寫信的，可是思前想後，還是覺得親自來見你更好。我四點以前都可以待在這兒，起來吧，得把門插上。」

英沙洛夫站起身來，順手把門插好了，一轉向她，便緊緊地握住了她的雙手。他不知所措，只感覺自己快樂得快要窒息了。她微笑著凝視著他，眼裡充滿著幸福，於是她開始害羞起來。

「請等一等，」她說，溫柔地把手抽了回來，「我想把帽子摘掉。」

她摘下帽子放到一邊，又從肩頭上卸下披肩，理了理頭髮，便去依偎在那張小小的、已破舊不堪的沙發上。英沙洛夫定定地盯著她，似乎已經走火入魔。

「坐吧。」她並沒有抬眼看他，只指了指身旁的位置。

英沙洛夫應聲坐了下去，卻沒有坐到沙發上，而是坐在了她腳邊的地板上。

「來幫我把手套脫了。」她激動地輕聲說，心裡有些害怕。

他解開一個鈕扣，拉下一隻手套，拉到一半的時候，便已饑渴地把嘴唇貼了上去，那纖細而又柔美的手腕在他親吻下閃著白光。

葉琳娜開始顫抖，試圖用另一隻手擋開他，而他卻又在那一隻手上吻了起來。葉琳娜一下子把手抽了回去。他把頭抬了起來，而她凝視著他的臉，情不自禁地俯下身子，然後他們的嘴唇就黏在一起了……

一眨眼的工夫……她又掙脫了出來，站起身，害羞地說：「不行，不行。」接著就匆匆地向寫字檯方向走去。

「既然我是這兒的女主人，那麼這兒就不應該有我不瞭解的所謂的秘密，」她背對著他，極力把自己僞裝得漫不經心，「這麼多紙呀！都是些什麼？」

英沙洛夫皺了皺眉頭。

「你是說那些信嗎？」他從地板上起來，慢慢說，「你可以看的。」

葉琳娜把信拿在手裡隨意地翻閱。

「這麼多，還寫得這麼密，該不會是情敵寫來的吧？啊，不是用俄語寫的呢。我得走了，就隨它們吧！」她撥弄著薄薄的紙張。

英沙洛夫向她走近，扶住了她的腰。她猛地轉身過來，欣喜地朝他一笑，便乖巧地偎依在他的肩頭。

「是我保加利亞的朋友們寄來的，葉琳娜，他們給我寫信是要叫我回去。」

「什麼時候？現在？到保加利亞去嗎？」

「是，就是現在。趁現在還來得及，趁我的行動還自由。」

忽然，她激動得雙手抱住他的脖頸：「請你帶我一起離開吧？」

他緊緊地把她擁入懷中：「啊，親愛的，啊，你是我的女神，你怎麼可以對我說這樣的話！這是在犯罪，你瘋了嗎，要跟著一個居無定所的人去浪跡天涯？你知道那是什麼地方嗎？」

她伸手堵住了他的嘴。

「噓！我可要生氣了。不許這樣，我們之間不是都成定局了嗎？一切都已經解決了。難道我不是你的妻子？難道妻子得跟丈夫勞燕分飛嗎？」

「妻子可不是娶來吵架的啊。」他微笑著慢慢地說，臉上是不易覺察的悲傷。

「是呀，她們當然可以選擇留下，但我也只能待在這裡嗎？」

「葉琳娜，你真是個可愛的天使！可是你考慮過嗎？我也許兩星期後就得離開莫斯科了。目前我的情況已經不允許我去考慮大學的功課，也不可能有多餘的時間讓我完成各項工作了。」

「這是爲什麼？」葉琳娜打斷了他的話，「那你一定要立刻離開嗎？我立刻……在這一分鐘內，我也要和你廝守，永遠跟你在一起，不離不棄，好嗎？我們這就出發，好嗎？」

英沙洛夫又緊緊地將她擁入了懷中，感情更加濃烈了！

「那就讓上帝狠狠地懲治我吧！」他高喊了一聲，「要是我做了件蠢事的話！從今以後彼此再也不分離！」

「現在開始我就待在你身邊，好嗎？」

「不行，善良的女孩，不行，寶貝。你今天還是得回去，不過你得確保一定要時刻整裝待發。事情從來不可能一帆風順，我得將事情都考慮周全，我們得準備錢，還有護照……」

「我這裡有錢，」葉琳娜打斷了他的話，「我有八十個盧布。」

「唔，雖然不多，但也夠了。」

「我還可以想辦法籌錢，我可以去借，去找我母親要……不行，我不向她借……我可以變賣我的手錶呀……耳環，還有那兩隻手鐲……還有花邊什麼的。」

「錢並不是問題，葉琳娜。但是護照，你的護照在哪兒，那可怎麼辦？」

「是呀，這可怎麼辦？一定得用護照才行嗎？」

「是，一定得用。」

葉琳娜詭異地笑了笑。

「我記起來啦！我記得我小時候……我家有一個年輕的女傭人，後來逃跑了。我們把她捉回來後，我們饒恕了她，她在我家繼續生活了很長的一段時間……可大家習慣稱呼她『逃跑的塔吉雅娜』。我那時候再沒料想過，有一天連我也同她一樣，也會跟她一樣逃跑呢。」

「葉琳娜，你難道不感到羞澀？」

「什麼？當然不，最好能拿著護照遠走高飛，可是如果無法辦到的話……」

「船到橋頭自然直，再等一等，不用擔心，」英沙洛夫說道：「我得再觀察一下形勢，讓我考慮周全，每一件事我都會跟你商量的，至於錢，我還有一些。」

葉琳娜用手捋了捋散落在額角的頭髮。「啊，我親愛的！我們倆能在一起那該是多美妙的事啊！」

「是啊，」英沙洛夫也說：「而那裡，我們將要前往的那個地方……」

「怎麼？」葉琳娜打斷了他，「就算我們是共赴死亡也一定是含笑九泉的！啊！不對，我們爲什麼要去死？我們得活著，我們這麼年輕。你只有二十六歲呀！」

「是，二十六歲。」

「我才二十。我們前方還有大好的光陰呢！呀！你想把我拋下自己逃掉嗎？你以前說過你不需要俄國人的愛，你是個純正的保加利亞人！走著瞧，我倒要看看你如何甩掉我！但是要是那天我沒去找你的話，我們又會發展成什麼樣子呢？」

「葉琳娜，你知道我爲什麼非走不可嗎？」

「知道呀，因爲你害怕你愛上我。但你有沒有想過，人家也許也愛著你呢？」

「我以名譽發誓，葉琳娜，我從來沒有。」

她飛快地、猝不及防地吻了他一下。

「就因爲這個我才愛你。現在，我得走啦。」

「你就不能再多停留一會兒嗎？」英沙洛夫懇求。

「不行，親愛的。你以爲我一個人離開心裡會好受嗎？一刻鐘早就過啦。」她把披肩披上，把帽子戴好，「你明天晚上到我們家來一趟吧，不對，是後天。雖然很拘謹、很憋悶，但這也實屬無奈。至少我們可以見上一面呀，再會了，我得走了。」

她又一次被他擁入懷中。

「啊呀！你看，你把我的錶鏈都弄斷啦。啊，笨傢伙！不過這也無妨，斷了也好，我正好要從庫茲涅茨基橋那兒過，可以順便拿去修理。要是他們問我去了哪兒，我還可以說是去庫茲涅茨基橋了。」

她伸手去拉門把手，「噢，我差點忘了告訴你，伊戈爾或許將在未來兩天內向我求婚，不過我給他的答覆只會是這個。」她左手的大拇指俏皮地擱在鼻子尖上，剩下四指在面前抖動。「再見了，寶貝。我現在已經認識路了，你也不用耽擱時間了。」

葉琳娜輕輕打開門，先環顧四周有沒有人，轉而面向英沙洛夫，指了指下面，便一溜煙兒地從屋裡跑出去了。

英沙洛夫在緊閉的門前站了將近一分鐘，他也在仔細地聆聽。外面院子的門已經上鎖了。他回到小沙發旁坐下，一隻手撫摸著自己的臉頰。他還從來沒有經歷過這樣的體驗。

「我何德何能竟值得擁有如此的愛？」他在冥想，「這難道只是一場夢嗎？」

可葉琳娜在他簡陋、陰暗的小屋裡留下的木樨香水的幽香讓他清楚地知道她真的來過。與這幽香混淆的，好像還有那年輕的話音和愉悅輕快的腳步聲，以及發自漂亮女孩兒身上的熱氣和甜美。

chapter 24 夢魘

英沙洛夫決定暫緩啓程，他想等待更爲確切的消息。可這並非易事。就他本人而言，也沒有什麼麻煩的，只需去申請護照即可——但是葉琳娜怎麼辦？按尋常的途徑是沒辦法爲她取得護照的。除非他倆先秘密結婚，然後再到她父母親那裡去求助。

「那時他們應該會放我們走的吧，」他心裡想道，「但如果不同意呢？我們非走不可的。他們說不定會提出控告，這樣一來……不行，最好的辦法還是另闢途徑搞一張護照吧。」

他決定去找他的一個朋友幫幫忙（當然，不能透露是為誰搞護照），一位退休的又或著不如說被撤職的檢察官，一個在各種秘密事務的處理上經驗豐富的老手。這位可以幫到他的人住得很遠，英沙洛夫乘坐了整整一個小時的骯髒的萬卡[33]才慢騰騰地來到那兒，更不巧的是那個人並沒有在家裡，而回去的路上，他又被一場突如其來的傾盆大雨淋得濕透全身。

第二天清晨，他忍著劇烈的頭痛，再次前去找這位退職檢察官。那檢察官認真地聽完他的敘述，時不時拿出一個畫著大胸部仙女的鼻煙壺抽著鼻煙，一雙狡黠的淺色的小眼睛斜視著客人。最後，他要求「要把事實陳述得詳盡又準確」。

當他發現英沙洛夫並不願意細談詳情的時候（他來的時候就已經是帶著滿肚子怨氣），就奉勸他首先要把自己的「最重要的物品」準備好，然後下次再來。

「等到你，」他打開鼻煙壺貪婪地吸了一吸，「對我無所保留而不再顧慮重重（他把這幾個字的母音著重發了出來）的時候再談吧。而護照嘛……」他似乎在自言自語地低喃著，「辦法總會有的，就拿你來說，你在路上，又有誰認得出你究竟是瑪麗亞．布列吉辛娜還是卡洛琳娜．福格爾梅伊爾？」

英沙洛夫心裡感到極其厭惡，不過他還是得對檢察官表示感謝，並答應他過些天再來。

33. 舊俄時街上低級馬車的俗稱，因為車夫多是近郊農民，往往名叫「萬卡」。俄國鄉下人叫萬卡的非常多。

那天晚上他也去了斯塔霍夫家。安娜禮貌地接待了他，嗔怪他似乎把他們拋諸腦後了，她察覺他神色欠佳，就問起了他的健康狀況。

尼古拉則依舊沉默不語，只以一種若有所思而又漫不經心的態度瞥了他一眼。舒賓對他的態度也很冷淡，但是葉琳娜讓他感到欣喜若狂，她為了迎接他的到來，還特地穿上他倆首次在教堂會面時穿的那件禮服。表面上她是那麼波瀾不驚，她對他的歡迎，殷勤而又無所憂慮，無論是誰看見了，都想不到她的命運早已經確定，並且此刻她正是因幸福的愛情而心馳神往，這也正說明了她的表現為何如此生動活潑，舉止為何如此優雅輕鬆。

她主動代替卓婭為客人斟茶，說說笑笑。她明白，舒賓一定會在一旁暗暗地觀察她，而英沙洛夫為人誠懇，裝不出若無其事的樣子，所以就提前做好了準備。她料想得不錯，舒賓的眼睛的確時刻跟隨著她，而英沙洛夫整個晚上都十分安靜而陰鬱。她覺得自己是那麼的幸福，以至於她突然想要捉弄他。

「怎麼樣啊？」她冷不丁地向他問道：「你那計畫進行得怎麼樣了？」

英沙洛夫一時語塞。「什麼計畫？」他說道。

「你忘了嗎？」她對著他笑開了——只有他一個人聽得懂這種笑聲裡的幸福。

「你不是在給俄國人編選保加利亞文集嗎？」尼古拉從牙縫裡擠出這麼一句

話來。

卓婭坐到了鋼琴前面。葉琳娜故意微微聳了聳肩頭，用眼睛示意英沙洛夫是時候離開了，接著她又用手指敲了兩下桌子，隔一會兒敲一下，眼睛注視著他。他知道，她這也是在暗示他兩天後見面。知道他讀懂了自己的暗語後，她會意地笑了。

英沙洛夫站起身來跟大家告別，他早已覺得渾身不自在。這時，古爾內托夫斯基走了進來，尼古拉誇張地從沙發上彈起，將右手高高舉起，又輕輕地放下，終於還是落在那位最高秘書的手心裡。

爲了看清楚自己的情敵，英沙洛夫又逗留了幾分鐘，葉琳娜狡黠地衝他點了點頭。主人認爲他們沒有認識的必要，英沙洛夫便走了，最後再度和葉琳娜的目光癡纏了一會兒。

舒賓沉思……他忽然饒有興致地跟古爾內托夫斯基聊起了一個法律問題並爭執不下，事實上他對此根本一無所知。

英沙洛夫徹夜未眠，早晨醒來時，他覺得自己似乎是生病了，可他又不得不忙著整理文件、寫信。他頭重腳輕，像是踩在棉花上，昏昏沉沉。到了中午，他真的就發起高燒來，食欲不振，到了晚上，越發燒得厲害了，四肢疲軟，頭痛欲裂。

英沙洛夫躺著，就在幾天前葉琳娜坐過的那張小沙發上，他不由得胡思亂想起來：「我是罪有應得，沒事幹嘛要去招惹那個老騙子呢？」

他很想睡一下……但他已經徹底病倒了，身體中的血液隨著猛烈跳動的脈搏，像火一般炙烤著全身，腦海裡也胡亂飛旋著幾隻小鳥。然後，他就昏倒了，像被人打翻在地那樣，仰面朝天地躺著。他感到忽然間好像有個人在他頭頂輕輕地笑著，悄悄地說著話。他極力想睜開雙眼，可只是迷濛一片。然後，一支溢滿燭花的蠟燭的光焰猛地刺進他的眼睛，像刀子一樣……這是怎麼回事？

那位老檢察官在他面前站著，穿了一件用東方花綢做成的袍子，腰上還纏著一條綢巾，這是他頭一天晚上的裝扮。

「卡洛琳娜．福格爾梅伊爾。」那張令人厭惡的嘴喃喃地張開了。英沙洛夫瞪大了眼睛，而那老頭子的影像也逐漸變大，直至整個人的個子都長高了，然後膨脹，他儼然已經不是一個人了，而是變成了一棵樹……

英沙洛夫必須得爬上去。他順著陡立的樹枝，爬呀爬呀，忽然胸部朝下摔在了一塊尖尖的石頭上，那個卡洛琳娜恰好就蹲在那裡，好像一個小商販一樣含混不清地吆喝著：「餡餅，餡餅，餡餅。」

刀光劍影，血光沖天。真讓人受不了……葉琳娜！一切都消逝在這團血紅色的混亂中。

chapter 25 惡耗

「有一個好像是鉗工的什麼人來找過你，那人……」第二天黃昏的時候，別爾謝涅夫的僕人如此向他彙報。那僕人很奇怪——他在老爺面前非常嚴肅，頭腦裡還存在著對主人的懷疑傾向，「那個人說想見你一面。」

「讓他進來吧。」別爾謝涅夫回答。

「鉗工」被帶了進來。別爾謝涅夫一眼就認出他是那個裁縫——英沙洛夫的房東。

「什麼事？」他開口問裁縫。

「老爺，你，」裁縫一邊說話一邊慢騰騰地移動著兩隻腳，右手三個指頭捏著衣服貼邊，時不時地擺弄著，「我的房客，你認識他的，他似乎病得很嚴重。」

「是英沙洛夫嗎？」

「是呀，我的房客。不知道爲什麼，昨天早晨還挺好的，晚上也只要了點兒水來喝，還是我們女當家給他拿的水，誰知半夜起他就開始說起胡話來，因爲只隔了一層夾板，我們聽得真真切切，不過今早是連胡話也沒有啦，就那麼直挺挺地躺著，全身滾燙的。

「上帝！我擔心他不會是快死了吧。我們本來想去警察局彙報情況的，因爲他是孑然一人。可是女當家跟我說：『去！去把那人找來，那位先生出租過別墅給我們房客，說不準他會有辦法，或是自己來一趟。』我這才來打擾老爺你的，因爲我們不可以，也就是說……」

別爾謝涅夫立馬抓起帽子，塞給裁縫一個盧布，就跟著他趕到了英沙洛夫的住處。

他的意識已經模糊，和衣在沙發上躺著。他的面容憔悴極了，甚是嚇人。別爾謝涅夫立馬叫房東夫婦幫他脫去了衣服，再把他移到床上，自己則跑去請來了醫生。醫生診斷後開出的處方是這樣的：螞蟥，斑蝥膏藥，輕粉[34]，並且叮囑要給他放血。

「他危險嗎？」別爾謝涅夫焦急地問醫生。

34. 螞蟥用於吸血，斑蝥膏藥用於攻毒，輕粉（即甘汞）用於消炎。

「沒錯，非常危險。」醫生說，「他有非常嚴重的肺炎，那是病入膏肓的胸膜肺炎，腦子有可能也被感染了，幸好病人的年紀輕。他現在需要的是放鬆，再充沛的精力這時對他也毫無用處。你找我找晚啦，不過我們還是會依照科學方法，爭取對他實施治療的。」

這醫生本人的年紀也不太大，所以也十分相信科學。

別爾謝涅夫並沒有離開。房東夫婦本都是善良的人，手腳還很俐落，只要有人告知他們怎麼做就行了。醫生的一位助手來了，於是一套醫學上的折磨便開始了。

破曉時分，英沙洛夫一度清醒了幾分鐘，他認出了別爾謝涅夫，便問他：「我是不是病了？」他以一種病人特有的有點遲鈍的、萎靡又疑慮的目光艱難地環顧了一下四周，然後，就又昏了過去。

別爾謝涅夫回家換了套衣服，順便帶上幾本書，就又很快地回到了英沙洛夫的房間裡。他決定在這裡住下來，至少先住上一段時間。他用屏風把英沙洛夫的床圍了起來，自己則在小沙發上搭了個睡鋪，一天的時間便急匆匆而又緩慢地過去了。

只有在進餐時，別爾謝涅夫才走開一會兒。到了晚上，他點上一支蠟燭，拿出燈罩遮住，就著熹微的燈光便讀起書來。四下一片寂靜，隔了一層牆板，他能聽見房主人們各自的動靜：時而低聲地私語，時而打個哈欠，時而嘆息……某人在那邊打了個噴噓，他們就開始輕聲責罵。屏風裡的呼吸聲沉重而急促，時而還會有喃喃的囈語、呻吟和腦袋在枕頭上不安地轉側的聲音。

此時，別爾謝涅夫心中湧起了一些奇怪的想法。他此刻正在這個人的屋子裡，而這個人正處於危在旦夕的境地，他知道，這個人正是葉琳娜愛的那個人。

他還記得那天晚上舒賓追上他，對他說過，她也愛他的，別爾謝涅夫，她也愛你的啊！但是現在……

「我該怎麼辦？」他向自己發問，「是不是該告訴葉琳娜他生病了？還是再等一等？這消息將會比我那時告訴她的那一個更加令她傷心！奇怪了，爲什麼命運總是安排我成爲他們的第三者呢？」

最後，他決定還是再等等更好。他的目光落在了那堆滿文件的桌子上。

「他會實現自己的夢想嗎？」他想，「也許一切都將落空吧？」

於是他對這個年輕卻又正在消亡的生命感到了一陣憐惜與不值，他暗自發誓，一定把它拯救出來……

這一夜過得很漫長，病人不定時地說著胡話，有好幾次別爾謝涅夫都從小沙發上坐起來，踮著腳跟走到他床前，略帶哀怨地傾聽他那時斷時續的夢囈。

只有一次，英沙洛夫突然講得十分清楚：「不要，我不，你不能……」

別爾謝涅夫猛地吃了一驚，看著英沙洛夫，他的神情是如此痛苦，身子像死人一樣僵直，兩隻手無力地耷拉著……

「不要。」他又高聲喊了一遍。

醫生第二天清早又來了一趟，只搖搖頭，又重新開了處方。

「脫離危險期還要很長一段時間。」他戴上了帽子。

「等病情穩定了就好了嗎？」別爾謝涅夫說。

「脫離危險以後啊，還有兩種可能。」

醫生走了以後，別爾謝涅夫上街逛了幾圈。他需要一點新鮮的空氣。回來以後，他又看起書來。《羅美爾》他已經看完了，現在正研究《格羅特[35]》。門輕輕響了一下，只見房東家的女兒小心地走進屋來，她的頭上依舊包著那一塊大大的頭巾。

「她來了，」她小聲說：「就是上次給我十個戈比的小姐……」

房東家女孩的頭忽然被陰影遮住了，就在她的背後，他看見了葉琳娜。

別爾謝涅夫猛地站起來，像是被什麼蜇了一下似的，可葉琳娜卻沒有絲毫的觸動，也沒有說話……彷彿一切她已了然於心，她臉上是與年齡嚴重不符的蒼白。

35. 格羅特（一七九四—一八七一），英國歷史學家，著有《希臘史》。

慢慢地，她走向屏風，向裡面張望，舉起雙手猛地拍了一下，就像石頭一樣一動也不動了。一眨眼，她又準備向英沙洛夫撲去，好在別爾謝涅夫及時地阻止了她。

「你要做什麼？」他顫抖地說，「你會害死他的！」

她踉蹌著被他扶到沙發上坐下。她看了看他的臉，又看了看他的身體，然後就直勾勾盯著地板。

「他快不行了嗎？」她問得是那麼淡然而又不慌不忙，這讓別爾謝涅夫嚇壞了。

「啊，上帝，葉琳娜，」他哀號，「你怎麼能這麼說？他只是病了，也確實病得很嚴重……但是我向你保證，我們一定可以救活他的。」

「他沒有知覺了嗎？」她仍舊像先前一樣淡然。

「對的，他現在意識模糊，這種病一開始都是這樣的，不過這不要緊的，沒什麼可擔心的。你可以相信我！去喝點水吧。」

她望著他，他發現她根本什麼都沒有聽進去。

「要是他死了，」依舊是那種哀傷的口吻，「那我也不要活下去。」

此刻，英沙洛夫微微地呻吟了一聲，她立刻全身顫抖，用雙手捧住頭，接著非常迅速地解下帽帶。

「你要做什麼？」別爾謝涅夫問。

她默不作答。

「你究竟想做什麼？」他又問了一次。

「我在這裡陪他。」

「什麼……你是準備停留很久嗎？」

「說不準，可能只一天，又或者一夜，也可能是永遠……說不準。」

「葉琳娜，看在上帝的面子上，你回去吧。說真的，我怎麼也沒想到你會出現在這裡。但是，依我看，你就只能在這兒待一小會兒。你知道的，家裡要是發現你不在，一定會到處找你的……」

「他的病情如何了？」

「他們會到處找你……要是發現你在這兒的話……」

「那又怎樣？」

「葉琳娜！你仔細想想……他現在已經保護不了你了啊。」

她低下頭，好像在思索著什麼。她用頭巾捂住嘴，一陣近乎痙攣的抽泣聲瞬間洶湧地從她的胸腔中迸發出來。她一下子撲倒在沙發上，努力地想止住哭泣，卻怎麼也控制不住，她的全身都在抽動，掙扎著，彷彿一隻被人抓住的小鳥。

「葉琳娜，求你看在上帝的面子上，別這麼折磨自己……」別爾謝涅夫立在她面前不停地勸著。

「呀！這是怎麼了？」英沙洛夫衰弱的聲音忽然間飛過來。

葉琳娜猛地站了起來，別爾謝涅夫也愣在原地一動不動，過了一會兒，才向床邊走去……

英沙洛夫依舊毫無力氣地躺在床上，雙眼緊閉。

「他這就是在說胡話嗎？」葉琳娜低聲問。

「可能是吧，」別爾謝涅夫說，「不過不要緊，他一直都這樣，特別是病著的時候。」

「他病了多久了？」葉琳娜打斷了他。

「說是從前天開始的，我昨天就已經在這裡了，你得相信我，葉琳娜，我不會置之不理的，我盡我所能去救他。要是有必要，我們還得請人來會診。」

「我不在這兒，他會撐不下去的！」她高聲喊了出來，兩隻手局促地撥弄著。

「我保證每天都向你報告他的病情，要是真的有危險……」

「你得發誓，必須立刻派人來找我，不管是什麼時間，不管是白天還是黑夜，直接捎信兒給我……現在我什麼都不在乎了。你明白嗎？你能做到嗎？」

「我能，以上帝爲見證。」

「你得發誓。」

「我發誓。」

她一把抓過他的手，還沒等他抽回，唇已經深深吻在了那隻手上。

「葉琳娜……你這是做什麼？」他言辭有些模糊。

「不行……不行……不能……」英沙洛夫含糊不清地說著什麼，還沉沉地嘆了口氣。

葉琳娜走到屏風後面，牙齒緊緊地咬住頭巾，久久地深情凝視著病人，她抽泣著，哽咽著，面部止不住地抽動，雙頰上緋紅一片，似是她的內心承受了無比的痛苦，剛剛有些苗頭的美好生活頃刻間就化爲了烏有。是我把他害成這樣的嗎？她在心裡責怪自己，兩行熱淚默默地滑過了她的面頰。

「葉琳娜，」別爾謝涅夫對她說：「他一定可以醒過來的，也一定不會忘記你的，上帝保佑啊，而且，我們也在時刻等著醫生來……」

葉琳娜從小沙發上拿起帽子戴上，一動不動地站在那裡。她悲傷地環顧四周，她似乎又記起了……

「我得留下。」最後她還是吐出了這句話。

別爾謝涅夫握緊她的手。「請你冷靜點，」他說：「堅強點，就把他交給我照管吧，我今晚就會到你那兒去。」

葉琳娜抬眼看著他說：「哦，善良的朋友啊！」於是便抽泣著衝到外面去了。

別爾謝涅夫靠在門上，心裡充盈著悲傷、痛苦的情愫，卻也有著一種奇異的興奮感。「善良的朋友啊！」他回味著，聳了聳肩。

「誰在那兒？」英沙洛夫的聲音突然傳來。

別爾謝涅夫走到他床前：「我，德梅特里。你覺得怎麼樣？好點了嗎？」

「就你一個人嗎？」病人說。

「是，就我一個。」

「她呢？」

「誰？」別爾謝涅夫裝作吃驚地說道。

英沙洛夫沒有回答。

「葉琳娜。」他又開口，接著又無力地閉上了眼睛。

chapter 26

死亡邊緣

一連八天，英沙洛夫都在死亡邊緣徘徊。醫生一有時間就過來檢查，他也很年輕，因此對身處困境的病人異常關心。

舒賓知道了英沙洛夫的病情後來探望過他。保加利亞的朋友們也來過，在他們中間，別爾謝涅夫也看到了那兩個有些怪異的人，他們先前曾貿然造訪過別墅，也引起過他的注意。他們全都對英沙洛夫表示了最真誠的同情，有幾個甚至還主動向別爾謝涅夫提出，要幫他照料病人。不過，他沒有答應，因爲他決定堅守自己對葉琳娜的承諾。

他現在每天都能見到她，還可以偷偷向她——有時一句話，有時一整張小紙條——彙報英沙洛夫的病情。她是懷著怎樣的心情在等候著他啊，她是那麼認真地在聽他說話，又那麼仔細地跟他討論！她總想親自趕來照顧英沙洛夫，不過別爾謝涅夫依舊真誠地懇請她不要這樣做，因爲英沙洛夫身邊一直有很多人。

剛聽說他生病的時候，她自己也幾乎病倒了。她一到家就把自己反鎖在房間裡，只允許他們來叫她吃飯。進餐廳的時候，她那副憔悴的面容嚇得安娜差點要送她回房休息，不過葉琳娜最後還是克制住了自己。

「要是他會死，」她不停地想著，「我也活不下去。」這個信念使她平靜了不少，同時也給她注入了一種讓她得以鎮定自若的力量。

不過，家裡人倒沒有過分地打擾她。安娜只顧著自己的牙床炎，舒賓也狂熱地工作著。卓婭卻漸漸憂鬱起來，她本來準備把《維特》[36]讀完的。尼古拉對「淺薄的學者」不定期的來訪十分厭煩，而他關於古爾內托夫斯基的「預定計劃」也進展得不那麼順利。務實的最高秘書嗅到了一些莫名其妙的味道，所以就靜觀其變。

對於這些幫助，葉琳娜甚至沒有給別爾謝涅夫道過謝，她認爲有些感謝的話是說不出口的，也會顯得特別彆扭。但是有一次，也就是第四次跟他見面時（英沙洛夫當晚病情惡化，醫生曾暗示需要會診），她跟他提出了他的誓言。

36.指歌德的小說《少年維特的煩惱》。

「那好吧，那就我們一起去吧。」他說。

她也站起身來，說是要去換件衣裳。

「算了，」他又說，「還是明天再去吧，晚上的時候，英沙洛夫的病情已經好轉了。」

八天就這樣過去了。葉琳娜表面上看似平靜，實際上卻日不能食，夜不能寐，她的四肢都感到了一種近乎遲鈍的疼痛，滿腦子裡像是飛揚著一堆乾燥而熾熱的煙塵。

「我們的小姐像燃燒的蠟燭一樣漸漸消瘦下去。」她的女僕這樣形容她。

最後，事情在第九天終於出現轉機了。葉琳娜正坐在客廳中，在安娜的身邊爲她讀一份《莫斯科新聞》，這時別爾謝涅夫來了。葉琳娜只抬頭看了他一眼（她每次看他的第一眼都是急速又膽怯、深沉又驚惶），便立即猜到，他帶來了好消息。他微笑著向她點了點頭，她急忙站起身來迎接他。

「他醒了，他活了，再過一個星期就可以完全康復。」他輕聲跟她說。

葉琳娜忽地伸出雙手，似乎是防備打擊似的。她不知說什麼才好，雙唇不停地顫抖著，臉上漾起了一片緋紅。

然後別爾謝涅夫就開始跟安娜談話，葉琳娜也回房去了。她雙膝跪地，真誠地向上帝祈禱，眼眶中湧動著輕盈晶亮的淚珠。

她突然覺得疲憊不堪，於是把頭枕在枕頭上，自言自語道：「可憐的安德列啊！」不一會兒便沉沉地睡去了。睫毛和面頰上仍舊是濕潤的，她已經很久沒有像這樣睡著過了，當然也沒有像這樣哭過。

chapter 27 信使

別爾謝涅夫的話只有一部分是真的，英沙洛夫是度過了危險，但體力恢復得非常慢。醫生反覆叮囑，他整個身體已經受到了嚴重而徹底的損壞。即使是這樣，病人還是可以走下病床，在房間裡活動活動。

別爾謝涅夫也搬了回去，不過依舊每天都去看望那位身體欠佳的朋友，依舊每天準時向葉琳娜報告朋友的健康狀況。

英沙洛夫不敢給葉琳娜寫信，只是時不時地在跟別爾謝涅夫的談話中提到她，而別爾謝涅夫也故意裝作毫不知情，只告訴他自己常去斯塔霍夫家做客，並設法讓他瞭解，因爲他的病情，葉琳娜曾經非常傷心，不過現在已經恢復安靜、平和。

葉琳娜也沒有給英沙洛夫寫信，不過她的心中另有打算。

有一天，別爾謝涅夫興高采烈地來告訴她，醫生允許英沙洛夫吃牛排了，他可能很快就能外出行走了。她聽了以後，只垂下了頭。

「你認爲，我應該跟你說什麼嗎？」她輕聲開口。

別爾謝涅夫心中當然明白她的意思。

「或許，」他盯著她的眼睛回答，「你會跟我說你很想見他一面。」

葉琳娜臉上頓時緋紅一片，用輕得幾乎聽不見的聲音說：「是。」

「那很簡單呀。小菜一碟嘛。」

「我呸！」他心裡卻暗自想，「我期盼的就是這麼卑劣的一般感情啊！」

「你覺得我早已可以……」葉琳娜又說：「但是我怕……你不是說他現在很少有機會獨處嗎？」

「這很容易，」別爾謝涅夫接著說，只是不抬頭看她，「我提前去告訴他一聲呀，當然了，我不能這樣做，不過你可以給我寫張紙條，誰又能懷疑你給朋友寫封信呢？這也沒有什麼不妥的呀。寫信跟他約個時間，告訴他你什麼時候過去……」

「這不太好意思……」葉琳娜小聲說。

「你可以把紙條給我，我替你帶去。」

「沒這必要，我只是想求你……不要生我的氣，行嗎？安德列……你明天不要到他那兒去了。」

別爾謝涅夫咬了咬嘴唇。「哦！可以呀，我明白了，好，好。」又說了幾句話後，他便匆匆地離去了。

「這樣再好不過了，」他在回家的路上這樣想道，「我不知道即將發生的事情，但是這樣再好不過了。爲什麼非得賴在別人的窩邊呢？我才不後悔，就是我促成的，是我的良心幹的好事，但是如今，算了！隨便他們要怎樣。父親曾經告誡我的話還是有效果的。『孩子呀，我們不是西巴里斯[37]人，也不是貴族，更不是命運和上帝的寵兒，我們甚至連殉道的資格也沒有啊！咱們只是苦力！苦力啊！所以把你的皮圍裙穿上，站到自己的車床旁邊去，到你那陰鬱的作坊裡去！讓太陽去溫暖別人吧！即使在我們陰暗的日子裡，也自有屬於我們自己的驕傲的幸福！』」

第二天一早，英沙洛夫就從市區郵局收到一封短信。

「等我。」這是葉琳娜寫給他的信，「也別讓其他人來。安德列今天也不會來了。」

37. 義大利南部城市，古時多富人。

chapter 28

幸福降臨

收到葉琳娜的短信後，英沙洛夫就立刻動手收拾起房間。他請房東太太收走了藥瓶，脫下睡袍換上了接見客人的外衣。由於精神衰弱，也由於內心的愉悅，他的頭有點暈，心跳也無力，兩腿發軟。於是他就倒在沙發上，開始專注地看著手錶。

「十一點四十五分，」他低聲說道：「她絕不可能在十二點以前到的，這是最後的一刻鐘，我可以想些其他的事情，要不然我會受不了的。十二點鐘以前，她不會來的……」

忽然，房門被推開了，葉琳娜穿著一件輕質薄綢連衣裙，臉色雖然蒼白，但是周身洋溢著清新的氣質，甜蜜幸福地走了進來。她輕柔而且快樂地呼喊著，撲到了他的懷裡。

「謝謝你活下來，你是我的。」她抱著他的頭反覆說著。

他完全驚呆了，這般親近，這般撫摩，這般幸福的感覺，簡直要讓他窒息了。她在他身邊依偎著，緊貼著他的身體，眼睛裡是盈盈的笑意與親切的柔情。這樣的眼神只存在於戀愛著的女性的眼波裡，那樣的光彩動人。

忽然，她的神情變得悲傷起來：「可憐的德梅特里，你怎麼瘦成這樣了啊？」她一隻手撫過他的面龐，「鬍子也長長了！」

「你也瘦了，親愛的葉琳娜。」他一邊回答，一邊試圖用嘴唇去捕捉她的手指。

她開心地把卷髮撩向身後：「這算不了什麼，你看吧，我們都好了！是呀，我們經歷過狂風暴雨，就像在教堂裡的那天一樣，它確實來過，但也都過去啦。現在我們要好好兒地活下去啦！」

他只是微微地笑了笑。

「呀，這是什麼日子啊，我的德梅特里，太殘酷了！要是失去了自己的至愛，人怎麼還能活下去呢！每一次我都能預感到安德列將帶來的消息是什麼。是的，我的生命與你同在。你真的好了，德梅特里！」

他根本聽不清她在講些什麼，只是一心想著撲倒在她的腳下。

「我還發現，」她繼續說，靜靜地把他的頭髮撩到腦袋後面去（她想表示這些日子以來，沒事的時候，她做過許多觀察），「當一個人非常、非常不幸時——他會去關注他身邊發生的每一件事，那種關注度真是極其愚蠢的！說真的，我有時會目不轉睛地盯著一隻蒼蠅看，我的內心當時就是那麼陰冷和恐怖！不過這一切都已經成爲了過去，未來依舊是光明的，是嗎？」

「是，你就是我的未來，你就是我的光明。」

「你對我也是這樣！你記得嗎，那一天，我在你家，不是上次，對，不是上次。」她戰慄著重複，「當我們提起你的時候，我自己不知怎的就立刻想到了死，那時候我真的沒有想到，死神原來就守候在我們的身邊，你現在完全好了嗎？」

「我好很多了，幾乎是已經全好啦。」

「你好了，得救了，啊，我太幸福了！」

接著是一陣短暫的靜默。

「葉琳娜？」英沙洛夫詢問地說。

「怎麼，我親愛的？」

「老實告訴我，你有沒有想過，這場大病似乎是對我們的懲罰？」

葉琳娜鄭重其事地看著他說：「我的確這樣想過，德梅特里。但我一直在想，爲什麼我要受到懲罰？我違反法律了嗎？我犯罪了嗎？或許，我的想法跟別人的有些不同，但它卻並沒有給我一個明確的回答，或許，有可能我對你是有罪的？我妨礙了你，連累了你……」

「你沒有妨礙我，我的葉琳娜，跟我走吧。」

「好啊，德梅特里，我們就一起走，我隨你……這是我應盡的義務。我是愛你的……我不清楚我還有沒有什麼別的義務。」

「啊，葉琳娜！」英沙洛夫輕聲說道：「你的每一句話都像鐐銬沉重地將我套住！」

「為什麼會是沉重的鐐銬？」她追問，「我們都是自由者，這是肯定的！」她兩眼盯著地，一隻手依舊遊走在他的髮間，「這陣子我經歷了很多東西，都是我從來沒有經歷過的！以前，要是有誰告訴我，一位有良好教養的小姐，會編造出各種藉口，甚至獨自從家裡溜到一個年輕男人的房間裡去——我是會非常惱怒的！而現在這些竟變成了真的，而我也絲毫都沒有生氣。真的一點也不生氣！」

她轉身看著英沙洛夫，他那關注的眼神中充滿了一種崇敬的感情，她不由得把手從他頭髮上慢慢移了下來，把他的眼睛遮住。

「德梅特里，」她又開始說，「你不知道吧，當我看見你在那張可怕的床上躺著，當我看見你被死神緊緊攫在手裡，不省人事……」

「你來看過我嗎？」

「是呀。」

他沉默了：「當時別爾謝涅夫也在？」

她點點頭。

英沙洛夫俯下身輕聲對她說：「葉琳娜啊！現在我甚至連望著你的勇氣都沒有。」

「爲什麼？安德列是個善良的人啊！我在他面前都不感到害羞，你又有什麼好顧慮的呢？我非常高興告訴全世界，我是你的妻子……而安德列，我就像哥哥一樣信任他。」

「他救了我！」英沙洛夫高聲說：「他真是最崇高、最善良的人。」他目不轉睛地注視著葉琳娜，又說：「他愛你，是嗎？」

葉琳娜垂下雙眸。「是，他以前愛過我。」

英沙洛夫緊緊地把她的手握在手裡：「呀，尊敬的俄羅斯人，你們的心都是金子做的。他不眠不休地照顧著我……你——我親愛的天使……無怨無悔，百分之百的信任……而這一切都是爲了我，因爲我……」

「是呀，一切都爲了你，因爲大家都愛你。啊，德梅特里！你說這真是太奇怪了！我好像已經跟你提起過這個的，不過無所謂，我樂意再說一遍，你也一定喜歡再聽一遍——當我第一次見到你……」

「爲什麼你眼睛裡有淚光？」英沙洛夫打斷了她。

「我的？眼淚嗎？」她用手絹擦了擦眼睛。（啊，笨蛋！他竟然不知道，人在幸福的時候也是會哭出來的！）

「我是想說，在我第一次跟你見面的時候，你身上並沒有什麼特別的東西。是真的，我記得那時，我對舒賓倒是很感興趣，雖然我不愛他，至於安德列嘛……啊！有過那麼一瞬間，我想過，說不定就是他？但是你——什麼都沒有……到了後來……後來的時候……你就這麼生生地奪走了我的心！」

「原諒我……」英沙洛夫想要站起身來，但卻又立刻沉在了沙發裡。

「你怎麼啦？」葉琳娜關心地問。

「啊，沒什麼，我想可能身體還是有點虛弱，我還吃不消這樣的幸福呢。」

「那就老老實實地坐著，不許動，也不許過分激動，」她指著他嚇唬他，「你爲什麼把睡袍脫了？你要趕時髦還爲時過早呢。你就靜靜地坐著，聽我給你講故事。聽好了，別說話。生病時話講得太多對你是沒有好處的。」

然後，她就開始給他講起了舒賓，講起了古爾內托夫斯基，以及這兩周來她都在做什麼，當然也講到了戰爭。報紙上說，戰爭是避免不了的，所以，他只要一痊癒，就該立刻抓緊時間，想法子離開。

她在他身邊坐著，倚靠在他肩頭上滿臉幸福地給他講著故事。他也仔細地聽著，面色一陣白，一陣紅，有好幾次，他都想要打斷她。

突然，他坐起來，用一種奇怪又決然的聲調說：「葉琳娜，離開我吧，你走吧。」

「我為什麼要離開你？」她緩慢又慌張地說：「你又不舒服了嗎？」

「不是……我好得很……可是，還是請你不要待在我身邊吧。」

「我不明白你是什麼意思，你是要趕我走嗎？你到底想幹什麼？」她突然開口。

他從沙發上猛地俯下身來，差一點就碰到了地板，他的嘴唇緊緊地貼在她的腳面上。

「別這樣，德梅特里……德梅特里……」

他站起身來說：「那你就拋棄我吧！你不知道，葉琳娜，我在生病的時候，並沒有馬上就失去知覺。我清楚地知道，我在死亡的邊緣掙扎著，即使發著高燒，說著胡話，我也很明白。我隱約地感覺到，死神正在向我招手，我是在跟生命，跟你以及所有人做永久的告別啊，我已經無藥可醫了。可忽然間我又從死神的手中逃了出來，擺脫黑暗又重新回到了光明，而你……你……就在我身邊，我聽到了你的聲音，你在呼吸……這讓我怎麼也忍不住了！我感覺到，我如此狂熱地愛著你。我聽到你說你是我的，而我卻什麼也不能為你做……請你走吧！」

「德梅特里……」葉琳娜把頭倚在他的肩上，她到現在才真正瞭解了他。

「葉琳娜，我是愛你的，這你應該清楚，我甚至願為你結束自己的生命……你為什麼要選擇在這個時候來到我的身邊？現在的我是那麼脆弱無助，我無法控制自己，我全身的血液都在沸騰……你是屬於我的，你說的……你愛我……」

「德梅特里。」她又叫了一遍，滿臉通紅地緊緊蜷縮在他的懷中。

「葉琳娜，你可憐可憐我吧！你要是走了，我也沒法再活下去！我已經受不起這樣的激動了……我整個靈魂都離不開你……你想想，死神差一點兒就把我們分開了……而此刻你竟然在這兒，在我的懷裡，我的葉琳娜。」

她渾身顫抖，用幾乎聽不到的聲音說：「那你就接受我吧。」

chapter 29 一家之主

尼古拉緊鎖著雙眉，在書房裡來回踱步，舒賓則坐在窗邊，蹺著二郎腿，悠閒地抽著雪茄。

「麻煩請你別這麼晃來晃去的了，等你說一句話，等得脖子都扭酸了，還得不停地盯著你。而且，你這種步伐，也太緊張了，顯得矯揉造作。」

「你可真會說笑，」尼古拉回說，「你就不能設身處地爲我考慮下，你是不知道，我已經習慣了有那女人在身邊，我這輩子不可能失去她了。沒有她我會相當難過。已經十月份了，冬天眼看著就要到了，她在列維爾會發生些什麼事呢？」

「可能在織襪子吧！給她自己織的，是給她自己織的哦，不是給你織的。」

「你就笑我吧，盡情地笑吧！但我告訴你，天下再也找不到像她這樣的女人了。那麼坦誠，那麼包容……」

「那張支票她沒去兌現嗎？」

「多麼無私啊，」尼古拉將聲音提高八度繼續說：「這是多麼令人讚嘆的美德啊。人們常說，世上女人有千千萬萬那麼多，可我要說，把這千千萬萬的女人拿來讓我瞧瞧，倒是拿給我瞧瞧啊。但是，她就是不想給我寫信，真要命啊！」

「你真是巧言善辯，是畢達哥拉斯再世[38]，」舒賓說：「可是你可知道，我想奉勸你的是什麼？」

「是什麼？」

「等著，一直等到阿芙庫斯金娜回來……你懂我在說什麼嗎？」

「是，我明白，可又有什麼意義？」

「要是你能見到她……你會聽從我的建議嗎？」

「會的，一定，會。」

「試著把她揍一頓，看看會有什麼後果？」

38. 畢達哥拉斯（西元前五七一—前四九七），希臘哲學家。

尼古拉氣憤地轉過身去：「我還以為你真要給我出個不錯的主意。我怎麼能指望從你那裡得到什麼！藝術家本來就是不安分守己的人……」

「沒有規矩！可是，聽說，你中意的那位叫作古爾內托夫斯基的先生是一個中規中矩的人呢，昨天你輸給他一百個盧布，這就不像話了，你贊同這話吧？」

「是又怎麼了？我們可沒有賭博，只是切磋一下打牌的技巧而已。不過，我還是可以選擇等待……可是在這個家庭裡，基本上沒人能夠看到他的價值。」

「因此他就一直在想：『好啊，讓我們走著瞧！不管他是否願意當我的岳父，這有待商榷，至於一百個盧布嘛，對一個清正廉潔的人來說，也算不錯的啦。』」

「岳父？我算是哪門子的岳父？不過，任何一個女孩都會為有這麼一位求婚者而感到高興的。你說說，一個英明果斷的人，靠著自己的真才實學打拼，位居兩縣要職……」

「在某省裡，省長都得聽他的呢。」舒賓特別說明。

「這完全是可能的。很顯然，那是理所應當的，一個實幹又務實的人……」

「而且還很會打牌呢。」舒賓又一次說明。

「對啊，他的牌打得很好，不過葉琳娜……你難道可以看透她嗎？我倒想知道，有沒有一個人能摸清楚她的個性，她到底在想什麼？一會兒高興一會兒又憂鬱，不是瘦得讓人擔心，就是又胖了起來，而這些都是毫無來由的。」

一個醜陋的僕人端來一杯咖啡、一罐凝乳和幾片麵包。

「做父親的，看上了自己女兒的追求者，」尼古拉把手裡的麵包晃了晃，繼續說：「可這與女兒又有什麼關係呢！要是在從前家長制的時代裡，這些都好辦了，但如今的一切都變了呀。現在大家之秀可以隨意地跟別人談話，任意地讀書。她甚至像在巴黎似的不帶僕人和使女，就一個人在莫斯科到處晃悠，這一切竟然都行得通。前些天我多次問到葉琳娜的去向，答案都是出去了。至於到哪兒去？沒人知道。這有失體統，沒了規矩。」

「請你把杯子接過來，好讓人家退下，」舒賓輕聲說道：「你自己不也說，不應該當刻薄的主人嘛。」

僕人膽怯地瞅了舒賓一眼，尼古拉把杯子接下，往裡加了一點凝乳，又順手抓了十來片麵包。

「我是說，」僕人一走，他就開始說：「我在這個家裡根本毫無地位——僅此而已。因爲我們所生活的時代，大家都喜歡以貌取人。有人無知愚昧，卻能裝出一副很了不起的樣子來博得大家的尊敬，而另外一些人呢，也許才華出眾，甚至於……很可能有一番大作爲，但就因爲謙虛……」

「你認為自己是一位膽識過人的英雄嗎，尼科林卡[39]？」舒賓捏著嗓子問他。

「別跟我開這個玩笑啦！」尼古拉略微惱怒地說：「你有點忘乎所以啦！這不就又證明了我在這個家裡沒什麼地位嗎？根本沒有地位可言！」

「安娜也經常欺負你，可憐啊！」舒賓把身子坐直了，「啊，尼古拉，我們真是蠢到家了！你最好給安娜準備一些小禮物，過些日子就是她的命名日。你知道，她一向是很看重你的哪怕一點兒小意思呢。」

「是，是，」尼古拉連忙回答，「非常感謝你的提醒。當然，那是當然的，我肯定要送的。我正好就有一件小玩意——是個小掛件，前兩天我在羅森什特拉哈時買的。說真的，我只是拿不準那掛件究竟合不合適送出去。」

「你是給住在列維爾的那一位女士買的吧？」

「……我是……對……我原本想……」

「啊，這麼說，那一定是合適的。」

舒賓站起身來。

「我們今晚要到哪兒去散步呢，巴維爾？」尼古拉熱切地盯著他。

39. 尼古拉的暱稱。

「你不是說去俱樂部嗎?」

「去了俱樂部以後呢……出來以後去哪?」

舒賓伸了一個懶腰。「算了,尼古拉,我明天還得工作,改天吧。」他說著就走了出去。

尼古拉的臉立馬陰沉了下來,在屋裡來回踱步,最後從櫥裡把一個天鵝絨的小盒子拿了出來,裡面放的就是那個「小掛件」。

他把那小玩意兒拿在手裡把玩了很久,又用絲巾擦拭乾淨,接著他開始照鏡子,認真地梳他那濃密的黑頭髮,臉上是一副鄭重其事的表情,腦袋不時地左搖右晃,舌頭頂起腮幫子,眼睛仔細觀察著頭上的分髮線。

這時,有個人在他背後咳嗽了一聲。他轉頭一看是僕人爲他送來了一杯咖啡。

「你有什麼事嗎?」他問。

「尼古拉!」這僕人略帶些激昂之情呼喊,「你才是我們真正的一家之主啊!」

「這我知道,還有什麼話說嗎?」

「尼古拉,請你原諒,只是我從小就在你身邊侍奉,我覺得做僕人的,也應有這份義務向你報告些事情……」

「報告?」

僕人一動不動地呆在原地猶豫著。

「你剛才說，」他開始說，「你不知道葉琳娜去哪兒了。我想我知道。」

「你說什麼呢，你個笨蛋？」

「任你處置，不過我確實在三天前見過小姐，我看到她走進了一幢公寓。」

「你說什麼？她去了哪兒？那是怎樣的一幢公寓？」

「就是廚子大街旁邊的一條……一條巷子裡，離這兒很近的。我還問了院子的看門人，跟他打聽那兒都住著些什麼人？」

尼古拉慌張得直跺雙腳。

「閉上你的嘴，笨蛋！你膽敢……葉琳娜只是出於善良去看望那些窮人們，但是你……滾出去！你個白癡！」

驚慌失措的僕人迅速地向門口奔去。

「給我站住！」尼古拉大喝一聲，「那看院子的究竟跟你說了什麼？」

「哦，他什……什麼也沒說。他只說好像是個大學生。」

「閉嘴吧，白癡！你給我聽著，該死的，要是你——哪怕夢話也不准說。要是敢對誰提起這件事……」

「你饒了我吧……」

「閉上你的嘴！你要再敢想一個字……不管是誰……要是我知道是你洩露的……我會讓你生生世世永無寧日！聽見了嗎？滾！」

僕人倉皇逃走。

「啊，上帝！這說明了什麼？」獨處時，尼古拉不禁想到了這些，「這個該死的畜生跟我胡謅了些什麼呀！可我還是得去瞭解一下，到底那是一幢怎樣的公寓，又到底是誰住在那兒呢？我得親自去，事情怎麼演變成這樣啊！真該死！多嘴的蠢貨！」

尼古拉反覆高聲咒罵著「該死的！」接著他將小掛件放回櫥子裡，就去找安娜了。

此刻，她正躺在床上，臉被繃帶纏著，她那副痛苦的模樣卻只能使他更加憤怒，於是他很快就把她惹哭了。

chapter 30

大戰爆發

與此同時，東歐地區積蓄已久的戰爭終於爆發了。土耳其給俄國下了戰書，各公國撤退的期限也早就過了，辛諾普大戰[40]在即。

英沙洛夫最近收到的新文件，都是召喚他回國的。他的身體還沒有復原，還十分虛弱，時常伴著咳嗽發寒熱，然而他幾乎整天都在外面奔波，因爲他的心正在燃燒，所以病痛顯得無足輕重。

他在莫斯科馬不停蹄地奔忙，與各類人物秘密會見，全身心投入工作，一整天都

40. 一八五三年十一月，俄軍於辛諾普大敗土耳其艦隊，此前土耳其曾要求俄國從多瑙河諸公國撤軍。

不知去向。他告訴房東，他就快要離開了，於是提前把家裡的一些簡單傢俱送給了他們。

葉琳娜也在準備著啓程的事宜。一個陰雨連綿的陰沉的黃昏，她一人獨坐在房中，只披著一條披巾，狂風在耳邊呼嘯，心情不由得陷入陰霾。

女傭走了進來，告訴她父親在母親的臥房裡，叫她趕緊過去。

「夫人正在哭。」女傭跟在她身後輕聲說，「老爺正在發脾氣……」

葉琳娜聳了聳肩，走進了安娜的房間。善良的尼古拉夫人——安娜正躺在一把折疊躺椅上，聞著手帕上的花露水的芳香。他自己則在壁爐前站著，上衣扣子緊緊地扣著，領結打得又高又挺，領子漿得很死，那架勢使人禁不住想起某一位國會講演家來。

他用講演家的手勢朝女兒指一指座位，但是女兒並不太明白他手勢的暗示，依舊不解地望著他，於是他便鄭重地說：「請你坐下。」

尼古拉一直習慣稱妻子「你」，至於女兒，只有在特殊的情況下才會用到這樣的稱呼，葉琳娜便會意坐了下來。

安娜正眼淚汪汪地擤著鼻涕，尼古拉把右手隨意地插進了上衣的胸襟裡。

「我叫你過來，葉琳娜，」在沉默了很長一段時間後，他接著說：「是爲了向你證實一些事情，或者倒不妨說是爲了請你解釋一下。我對你不是特別滿意，不，這樣說不出事情的嚴重性，你的行爲讓我與你的母親……你的母親，感到深切的心寒與羞恥，你現在應該心知肚明了吧。」

尼古拉啞著嗓子不停地說。葉琳娜靜靜地看著他，沒有說一句話，接著又看了看安娜——她的臉色更慘白了。

「以前，」尼古拉又接著說：「做女兒的是不應該在父母面前有任何傲慢態度的，那個時候，雙親的權力能讓頑劣的兒女嚇得膽戰心驚。那種時代已經一去不復返了，至少如今大多數人都這麼認爲，但是，你得知道，法律依然在那裡，不會允許……不會允許……總之一句話，法律還在啊。我請你注意，法律還在。」

「可是，父親……」葉琳娜想要反駁。

「我請你不要插嘴，讓我們闡述一下我們的觀點吧。我跟你的母親已經盡了自己全部的責任，我們在你的教育上是不遺餘力的，就算花錢、勞心勞力也在所不惜。你從我們大張旗鼓的教育中得到了什麼好處，這或許又是另一碼事，但是我有權知道……我跟你母親都有權知道，你至少虔誠地遵守了那些道德上的規則，遵守那些……那些我們對你，我們唯一的女兒，一再灌輸的規則。我們認爲，任何新『思想』都不會與之抵觸，可以這麼說，那些是世代相傳的神聖古訓啊。可是這是爲什麼呢？現在暫且不談那些因爲你的性別和年齡而造成的輕率……但是我們萬萬沒想到，你竟然放縱到了這樣的地步……」

「父親，」葉琳娜說：「我知道你想說什麼……」

「不對，你根本就不知道我到底想說什麼！」尼古拉忽然卸掉了他那副議會演說家的威嚴身姿和滔滔不絕的鄭重演說，甚至低音部的語調，他大聲咆哮，連嗓音都變了，「你什麼都不知道，你就是個得意忘形的丫頭！」

「看在上帝的面子上，尼古拉，」安娜喃喃道：「別這樣說她！」

「閉嘴，她就該受到懲罰，安娜！你都沒法想像你接下來將會聽見些什麼！你就準備聆聽最爲惡劣的評判吧，我提前給你預告！」

安娜幾乎呆立當場。

「不對，」尼古拉猛地轉向葉琳娜，繼續說：「你自始至終都不知道我要說什麼！」

「面對你，我承認我錯了。」她輕聲說。

「哼，到底是沒有否認啊！」

「我是有錯，」葉琳娜繼續說：「我錯就錯在對你隱瞞了很久……」

「但是你知道嗎，」尼古拉強硬地打斷了她，「只要我一句話，就能把你變得無地自容？」

葉琳娜看著他。

「沒錯，小姐，只要一句話！你用不著那麼看我！」他把兩隻手抱在胸前，「我問你，你對廚子大街旁邊的那條巷弄熟悉嗎？還有那弄堂裡的一幢房子，你去過那間房子嗎？」

他跺了一下腳，「你倒是說呀，放肆的東西，不要再耍花招了！所有人，傭人，小姐，先生，都在那兒看見過你，看見你到那裡面去，去找你的……」

葉琳娜的臉一下子漲紅了，眼睛裡閃出異樣的亮光。「我沒必要騙你，」她鎮定自若地說：「對的，我到過那幢房子。」

「敢承認就好！你聽見了嗎？你親耳聽見的，安娜。那你也一定知道了住在那兒的是誰吧？」

「是，我知道，那裡住著我的丈夫……」

尼古拉驚訝地瞪大了雙眼，眼球幾乎要蹦出來。「你說什麼？」

「我的丈夫住在那兒，」葉琳娜又說了一遍，「我已經跟德梅特里．尼卡諾維奇．英沙洛夫結婚了。」

「你說什麼？嫁給他？」安娜氣得簡直講不出話來。

「是，母親，請你原諒，我們在兩周前就已經秘密結婚了。」

安娜癱軟在椅子上，像被電狠擊一般。葉琳娜是她唯一的女兒，她可以失去一切，但是絕不可以失去葉琳娜，她的至愛。她的女兒怎麼會做出這樣的事呢，這簡直是晴天霹靂，這會要了她的命，安娜只覺得胸口一陣撕心裂肺的疼痛，尼古拉也氣得往後退了兩步。

「你嫁了！你嫁給了一個黑山窮光蛋？世襲貴族尼古拉的女兒嫁給了一個流浪漢，一個窮人！在沒有父母親的祝福下就私自嫁人啦！你覺得我會這麼容易就放過你嗎？你以爲我會不去法院控訴就放過你？你以爲我會讓你……你……我……要把你先關進修道院去，接著再把他送進監獄，把他流放！安娜・瓦西里耶芙娜，請你立刻告訴她，我要取消她的繼承權！」

「啊，尼古拉，在上帝面前，求你別這樣。」安娜低聲哀求。

「什麼時候的事？這到底是怎麼一回事？誰給你們辦的婚禮？在哪兒？怎麼結的？我的上帝啊！所有的朋友們，全世界的人們，該怎麼解釋啊！你，這個不知廉恥的東西，都到這種程度了，你居然還跟沒事一樣住在父母親家裡！你就不怕……不怕遭報應嗎？」

「父親，」葉琳娜說（她全身都在戰慄，聲音卻是那麼的堅定），「隨便你怎樣想，可你卻不能罵我不知廉恥，罵我欺騙家裡人，我本來不想……傷你的心，但也就這兩天吧，我本來也打算親自把一切都告訴你的，因爲下周我就要跟我親愛的丈夫一起離開這兒了。」

「離開這兒？去哪兒？」

「去他的祖國，保加利亞。」

「去土耳其人那兒！」安娜驚叫一聲，就昏了過去。

葉琳娜連忙撲到母親身邊。

「給我滾開！」尼古拉吼著，一把扯過葉琳娜的手，「你給我滾，不知廉恥的東西！」

就在此時，臥室的門被輕輕推開了，一顆面色蒼白、兩眼放光的腦袋探了進來，是舒賓。

「尼古拉！」他扯著嗓子喊道：「阿芙庫斯金娜來了，她正四處找你呢！」

尼古拉兩眼發紅地猛然轉身，揮拳示意舒賓閉嘴，只停了一會兒，便匆匆地離開了。

葉琳娜跪在母親身邊，抱著她的膝蓋。

瓦蘇爾在床上躺著，穿了一件無領襯衫，一顆大領扣子緊緊地扣在肥胖的脖子上，留出了些許寬鬆的褶皺，正好把他那女人乳房似的胸部遮住，只有一個碩大的柏木十字架和一個護身香囊露出來，他身上蓋了一條薄薄的毛毯。一支小蠟燭在床頭小櫃子上忽明忽暗地燃燒著，旁邊是一罐克瓦斯[41]，瓦蘇爾在床上躺著，舒賓坐在他腳邊，他正悶悶不樂呢。

「對了，」他困惑地說：「她已經嫁人了，要離開了。你的侄兒正爲此大發雷霆，整個屋子都聽得見他的吼聲。他爲了避免讓人知道所以關了門，但是在臥室裡，傭人和女僕，就連馬車夫都能聽得一清二楚！他這會兒還那麼大喊大叫的，差點沒跟我打一架，他仗著父親的身分沒完沒了地責備她，就像是自不量力地搬木頭的笨狗熊。安娜真不知道是怎麼忍受的，但是女兒要離開比她擅自嫁人對她造成的傷害更深。」

瓦蘇爾動了動手指。「作爲一個母親，哎……是呀！」

「你那個侄子，」舒賓繼續說：「揚言要去找大主教，去找總督，要到部長那兒去控訴，但結果還不是一樣，她還是要走。誰會親手毀掉自己親生女兒的前途呢！就像隻公雞一樣，雖然要暴跳一陣子，但最終尾巴還是會垂下來的。」

「他們誰都沒有權力！」瓦蘇爾喝了一口克瓦斯。

41. 俄國民間飲料。

「是呀，正是如此。然而整個莫斯科將掀起怎樣的流言蜚語啊！她倒是不害怕這些……她也已經看透這些了。她是要走的，會到哪兒去呢？只是這麼一想都覺得很恐怖！到那麼遠的地方去，要走那麼遠，到那種雞不生蛋的地方去！她將會遇到什麼呢？我一看著她，就似乎可以預見到她在一個大風雪的晚上，在零下三十度的寒冬裡，從一個驛站裡整裝出發呢！她要離開自己的祖國，離開至親的家人，可是我多麼的理解她啊，她離開的都是些什麼人呢？她此前天天見到的，又都是些什麼人？像古爾內托夫斯基和別爾謝涅夫，還有一個朋友——我，這些都是十分優秀的人物呢。這也沒什麼值得可惜的，只是有一點很糟糕，聽說，她那個丈夫——天知道，怎麼也想不出這個名兒來——聽說，英沙洛夫咳得厲害，甚至吐血，這就是最糟糕的事。我前些天看到他，他那張臉啊，彷彿立刻就能從中捏出一個布魯塔斯[42]來，你知道布魯塔斯是誰吧，瓦蘇爾？」

「什麼意思？就是一個人唄。」

「是，對，就是一個人。這是一張尤其好看的臉，很虛弱且十分不健康的臉！」

「打仗的嘛……都是一個樣。」瓦蘇爾說。

42. 布魯塔斯（西元前八十五—西元前四十二），羅馬政治家。

「打仗的都一樣，十分正確，你今天說得可真是很公正啊，但要是說到過日子，那可就不一樣啦，她畢竟得跟他過一輩子呀。」

「那些都是年輕人的事。」瓦蘇爾回答。

「是呀，那是屬於年輕人的光榮而偉大的事業。生死存亡、戰爭、成敗、愛情與自由，還有祖國……太棒了。願上帝賜給他們這一切！有種人，即使深陷泥沼，卻依然能裝出一副無所謂的樣子，因爲事實上他知道掙扎已無濟於事了，可這跟那個就大有不同了。在那裡——弦是一直緊繃著的，要麼把全世界都震響，要麼無情地繃斷！」

他把頭低到胸前，「對的，英沙洛夫應該是配得上她的，但是，都是胡扯！誰又能看出他是能配上她的呢。英沙洛夫……英沙洛夫……他爲什麼要刻意裝出謙虛的樣子？好呀，就算他是個英雄，他能把自己保護好，可是，到現在爲止，他做出的事情跟我們這些有罪的人所做的又有什麼不同呢？而且，我們也不一定就真是一堆一無是處的廢物吧？

「就拿我來說吧，難道我真就是個無能的人，瓦蘇爾？上帝真的在各方面都虧欠了我嗎？我就什麼能力和天分都沒有嗎？誰知道呀，或許，巴維爾這個名字有朝一日也會名揚天下？你看，桌子上的那枚小銅錢，誰又敢保證百年後的某一天它不會變成那些對巴維爾崇拜不已的後生們爲他樹立的紀念像呢？」

瓦蘇爾用手肘把腰桿支起來，目不轉睛地看著談興正濃的藝術家。

「你扯得太遠啦，」他又習慣性地動了動手指，「我們是在談別人，可是你……怎麼了……又扯到自己頭上啦。」

「啊，我是俄羅斯帝國偉大的哲學家呀！」舒賓叫著，「你的話真是分量十足呀。啊，不是，不應該是我的，應該是爲你樹一座豐碑才是，這事兒就由我來辦。你就安心躺著好了，就是這種姿勢，人家已經無法猜透這裡邊到底是懶惰的內涵多一些，還是力量的內涵多一點？我把這樣的你塑造出來。你義正詞嚴的指教擊垮了我內心的自私和虛榮！

「是呀！空談自己毫無意義，自我吹噓就更無聊了。我們的周圍還沒有出現一個所謂的真正的人，壓根兒就沒有任何一個可以稱爲真正的人啊，你的目光所及之處都沒有這樣的人。那些所謂的人，要麼是小動物、小爬蟲、小哈姆雷特、薩莫耶德人[43]，要麼就是地下的黑暗與荒涼，再不然就是只會誇誇其談的蠢貨和整日自吹自擂的棒槌！然而就是這樣的一群人，他們把自己研究得非常仔細，甚至到了可恥的地步，不

43. 俄國北方薩阿米族人的舊稱，此處何所指，不詳。

斷留意著自己的每一次脈搏跳動，不斷對自己說，那就是我，看，這就是我的思考和感受呀！

「好一項崇高而務實的事業啊！是呀，要是我們當中還有幾個有出息的人，那這位姑娘，這個敏感柔弱的靈魂，也就不會想要離開我們了……就不會像鬼沾到了水一樣一溜煙逃走了！這究竟是爲什麼，瓦蘇爾？我們的幸福日子哪一天才會降臨啊？什麼時候才能出現一個『真正的人』啊？」

「就在不久的將來，」瓦蘇爾回答，「一定會出現的。」

「一定會出現嗎？噢，幅員遼闊的祖國大地啊！俄羅斯黑土中可是蘊藏著用之不盡的力量呀！然而你還說一定會出現的？你就等著吧，我要把你所說的話記下，但你爲什麼要把蠟燭吹熄？」

「我得休息啦，再見。」

chapter 31
震撼彈

舒賓說得沒錯。葉琳娜嫁人的消息突如其來，差點要了安娜的命。她病了，整日躺在床上，尼古拉也不允許女兒前來探望她，他好像很高興有此機會來證明一下自己是個多麼實實在在的家長，一個擁有全部權威的家庭首腦。

他時不時就向著家人大發雷霆，還一直說：「我就要讓你們看看我的厲害，也讓你們知道，你們就等著吧！」

他在家裡待著的時候，安娜見不到葉琳娜，不過有卓婭在身邊也足夠了。卓婭貼心地伺候著她，安娜心裡暗想：「有她就夠了嗎？」但是尼古拉一走開（這樣的時候很多，因為阿芙庫斯金娜真的回來了），葉琳娜就會馬上跑到母親的身邊，母女總是久久地、默默地含淚相互凝望著。

這種無聲的譴責比其他任何東西都更能刺傷葉琳娜的心。那時她所體會到的，不是簡單的懺悔，而是一種與懺悔相似的無休止的憐惜。

媽媽一向對她疼愛有加，身體虛弱的安娜又多愁善感，丈夫的不忠使她變得越發憂鬱，葉琳娜可以說是支持她生存下去的勇氣，葉琳娜知道母親的哀愁痛苦，也很明白自己對於母親的重要性。

「我親愛的母親！媽媽！」她不停地喊著，親吻著她的手背，「你要我怎麼辦？我不覺得我做錯了啊，我真的愛他，所以只能這樣啊。要怪就只能怪命運了！是命運讓我遇上了他，遇上了父親看不順眼的人，還要將我帶離你身邊的人。」

「別說了！」安娜打斷了她的話，「別再跟我說這件事，我只要一想起你要到那邊去，我就感到惴惴不安啊！」

「啊！親愛的母親，」葉琳娜說：「你爲什麼不想得好一點，要是我去不了，結果或許比現在更糟呢，我真的會死的，你再也得不到什麼安慰了。」

「但你離開後，我也一樣再也無法看見你了啊！就算你不在某個地方的帳篷裡死掉（安娜印象中的保加利亞是個和西伯利亞凍土地帶一樣的地方），我也可能因爲受不了這種離別而……」

「請不要這樣說，親愛的母親，我們還是可以再見的呀，上帝會爲我們祈禱，保加利亞也有許多像這兒一樣的城市啊。」

「那邊能有什麼好的城市啊，那邊正在打仗呢！要我看，現在那邊遍地都有大炮在轟炸呢……你準備馬上就要離開嗎？」

「很快就得走……要是爸爸不……聽說他要提出控訴，還揚言要拆散我們。」安娜抬眼看著天。「不會的，列諾奇卡，他不會控告你們的。我原本也絕不同意你們的婚事，你要嫁給他除非我死了。然而不該發生的已經發生了，根本無法挽回，那我也絕不允許誰再羞辱我的女兒。」

就這樣平靜地過了幾天，安娜終於漸漸地鼓起了勇氣。有一天晚上，她跟尼古拉單獨在臥室裡待著，兩個人都屏息靜氣，一聲不吭。一開始沒什麼動靜，後來只聽尼古拉低沉的聲音響起來，接著好像爭吵起來了，還傳出了喊聲，甚至夾雜著幾聲痛苦的呻吟……

舒賓、女傭還有卓婭他們快要按捺不住要衝進去勸說，但是臥室裡的爭吵逐漸變得小聲了，轉而變成了談話聲，直到聲音全無。後來，就只有偶爾傳出的幾聲微弱的啜泣聲，不久連這聲也沒有了。

有人拿鑰匙開鎖，櫥門發出吱吱咯咯的響聲……門被從裡面拉開，尼古拉從裡面走了出來，嚴肅地看了看周圍的每一個人，匆匆趕到俱樂部去了。而安娜則叫來了葉琳娜，她們緊緊地擁抱，做母親的臉上滿是傷心的淚水。

她慢慢地對女兒說：「都說好啦，他不會再難爲你們了，沒什麼可以阻止你離開……再沒什麼能阻止你離開我們了。」

「你能允許德梅特里來拜訪你以表謝意嗎？」等母親稍微平靜一點的時候，葉琳娜問。

「不允許，寶貝，我現在不想見這個把我們拆散的人……但是出發以前是一定得來的。」

「出發以前。」葉琳娜難過地低語。

雖然尼古拉同意了「不把事情搞大」，但安娜卻沒有告訴她女兒他的同意是以怎樣的代價換來的。她沒有告訴她，她答應替他償還全部的債務，並且當場給他一千個銀盧布。這樣他也就同意了，他竟然還向安娜宣布，他不願意與英沙洛夫見面，而且還將繼續稱他爲「黑山人」。

到了俱樂部的時候，尼古拉鎮定自若地跟他的牌友——一位退職的工兵軍官提到了葉琳娜的婚事。

「你有沒有聽說，」他鎮定自若地說道：「我女兒就要嫁給一個什麼學識淵博的大學生了。」

將軍抬眼看看他，含糊不清地哼了一聲，便邀請他們打起牌來。

chapter

32

離鄉

日子一天天過去，出發也迫在眉睫。十一月已經過了，到了最後離別的日期了。英沙洛夫早早地就整理好了一切，他心中一直有一個願望，那就是儘早離開莫斯科。醫生也曾叮囑過他。「你得到氣候溫暖的地方去，」他說，「你在這兒是不可能徹底恢復的。」

葉琳娜也憂心忡忡，英沙洛夫的蒼白與消瘦令她時刻牽掛。她常會情不自禁地驚惶地凝視著他變形的臉。她在父母親家裡的處境也變得沒有什麼立場可言。

母親生離死別般哭號著，而父親卻只是輕蔑而漠然地冷眼相待。離開日子的臨近也使他隱隱感到心痛，然而他覺得十分有必要不暴露自己的感情和弱點，這是一個有著強烈自尊心的父親的責任。

安娜終於想要會見英沙洛夫了，他們把他從後門帶了進來，神不知鬼不覺地來到她房中。當他站在她房間裡的時候，很長時間裡她都不知如何開口與他交流，甚至不能下定決心看他一眼。他在她旁邊坐下，畢恭畢敬地等待著她開口。

葉琳娜也緊挨著他坐了下來，她牢牢地把母親的手握在手中。安娜終於抬眼望向他，緩緩開口了：「以上帝爲證，德梅特里．尼卡諾維奇……」

她停下了，責備的話已經卡在喉嚨裡，沒能說出來。

「呀，你生病了嗎？」她問，「葉琳娜，你丈夫的身體不好嗎？」

「我的確是病了一場，尊敬的安娜，」英沙洛夫說：「目前還沒有徹底康復，可我相信，我祖國的空氣會讓我徹底強壯起來的。」

「啊……保加利亞！」安娜含糊不清地低語，接著又陷入了沉思，「啊，上帝！一個眼看就要死的保加利亞人，話音空洞得像個空空的木桶，眼睛瘦得像個柳條筐，瘦得不成樣子，衣服像是從別人那裡借來的一樣，臉色像秋天的菊花般蠟黃。可她就要做他的妻子了，她竟然愛他……這是多麼不堪入目的一場噩夢啊。」

她馬上就清醒了過來，說道：「你一定……必須得離開這兒嗎？」

「是，安娜。」

安娜深深地望著他。「呀，德梅特里，願上帝保佑葉琳娜不會像離開我一樣離開你……但是你必須答應我要好好愛護她、疼惜她……只要我還沒有閉眼，你們就不會受窮！」

眼淚無聲湧出哽住了她的喉嚨。她張開雙臂，緊緊地抱住了葉琳娜和英沙洛夫。

離別的日子終於到了，葉琳娜選擇跟父母親在家裡道別，然後就從英沙洛夫的住處出發。

葉琳娜預計十二點出發，別爾謝涅夫提前了一刻鐘來到。他以爲一定可以在英沙洛夫那裡遇見那些前來爲他送行的保加利亞朋友，但是他們在他到之前就走掉了。大家熟悉的那兩個神秘人（就是英沙洛夫的證婚人）也離開了。

裁縫恭敬地鞠了個躬來歡迎「善良的老爺」，今天也許是因爲別離，也可能是開心吧——因爲傢俱全都留給了他，他多喝了幾杯，妻子就立刻來把他拖走了。

房間裡已經收拾完畢，箱子用繩子捆牢了，直直地立在地上。別爾謝涅夫若有所思地發著呆，瞬間的回憶一一浮現在他腦海裡。

十二點的鐘聲早已經敲過了，車夫也已經備好了馬，可「新婚夫婦」卻仍沒有出現。最後，樓梯上傳來了急促的腳步聲，葉琳娜在英沙洛夫和舒賓的陪伴下走了出來。她的眼睛紅紅的，因爲就在她要離開的時候，母親哭暈過去了，離別的場景總是非常沉重。葉琳娜已經有一周的時間沒跟別爾謝涅夫見過面了，最近他沒怎麼到斯塔霍夫家去。

她沒料到會在這裡看見他，便高聲說：「啊，謝謝你！」說著就跟英沙洛夫一起擁抱了他，接著是死一般令人難以拋開的沉默。

這三個人一時間也不知道該說些什麼，這三顆心此刻是什麼樣的感受呢？舒賓認爲目前需要增加點活躍的聲音，於是就快活地說了兩句話，來消散這種苦悶。

「我們三重奏又重聚在一起啦，」他說著，「這或許是最後一次！隨著命運的驅使，回溯往昔的善心──跟隨著上帝邁入新的生活吧！跟隨上帝，就此遠去……」他說著說著就唱起歌來。

但是突然間，他唱不下去了，因爲他感到周遭的氣氛裡全是拘謹和不安，在這停放死者的地方唱歌是罪過的。一時間，屋子裡，他剛才所唱到的過去正在死亡，在這間屋子裡的這幾個人的過去也正在死亡。它的死亡所帶來的是一個新生活的誕生，或許吧……然而它畢竟還是死去了。

「呀！葉琳娜，」英沙洛夫對妻子說：「都收拾好了嗎？該交的錢都交了，該帶走的東西都收拾好了，就差把這只箱子搬到下面去了。房東先生！」

房東帶著妻女走進屋來，微微點了點頭，聽完英沙洛夫的吩咐，就把箱子往自己肩上一扛，迅速跑下樓梯去了，只留下靴子「登登」的響聲。

「此刻，按俄國人的風俗，我們應該多坐一會兒。」英沙洛夫又說。

大家應聲坐下。別爾謝涅夫在那張破舊的小沙發上坐下，葉琳娜坐在他旁邊，房東太太和女兒佝僂著身子在門檻上蹲著。大家都沒有說話，只在強顏歡笑，誰也說不清楚究竟爲什麼笑。大家都想說些道別的話（當然不包括房東太太和她的女兒，她們兩人只顧到處亂瞄），每個人都覺得，在這種時候說出來的話不免會落入俗套，一切有意義的、聰明的，或者是純粹出自內心的話，都顯得非常不合時宜且做作。

英沙洛夫第一個站了起來，他在胸前畫了個十字。「再見吧，我的小屋！」他高聲說。

吻別的聲音十分響亮，卻意味著冰冷的離別。道別時情意綿綿的祝願，信中的承諾，最後的依依惜別的話語……

葉琳娜已經坐進了雪橇車裡，滿臉是淚，英沙洛夫體貼地用毛毯幫她把腿蓋好。舒賓、別爾謝涅夫、房東、房東太太，還有他們那總是在頭上裹著大頭巾的女兒，院子的看護以及一個穿條子長袍的不知哪兒來的工匠，都在門口站著。

忽然一輛富人的駿馬駕駛雪橇車飛馳進了院子，尼古拉從雪橇上一躍而下，忙著把他大衣皮領子上的雪花抖落。

「謝天謝地，我還是趕上啦！」說著他便向木板車走去，「接著，葉琳娜，這是我們做父母的最後的祝福。」說著他鑽到車篷裡，從口袋裡掏出一個縫在天鵝絨布袋中的小神像掛在她的脖子上。

她痛哭失聲起來，想要親吻他的手，這時車夫從雪橇前座拿出來半瓶香檳和三隻大杯。

「來吧！」尼古拉說，淚水早已落在了海狸皮的大衣領子上，「我來送你們……還有祝福……」他倒香檳的手在顫抖，酒的泡沫漸漸溢出了杯沿，灑在潔白的雪地上。他將手中的酒杯舉起，又把另外兩隻給了葉琳娜和她身邊的丈夫。「願上帝保佑你們……」尼古拉一口乾了他的酒。他們倆也乾了杯。

「先生們，現在該輪到你們了。」他大聲說著，望向舒賓和別爾謝涅夫，就在這一刻馬車被車夫催動了。尼古拉跟著大板車向前跑去。「注意啊！記得給我們寫信。」他不停地喊著。

葉琳娜把頭探出來，說：「再見了，親愛的父親，安德列！巴維爾！再見啦，所有的一切！再見啦，俄羅斯！」說完就把身子退回到了車裡。

車夫揚起馬鞭，打了一聲哨響，大板雪橇車下面的滑木發出吱吱的響聲，出大門後很快就向右轉彎，然後消失不見了。

chapter
33
兆頭

一個陽光和煦的四月天，在威尼斯的一個被狹長的沖積沙洲隔出來的叫「麗多」的寬廣臨海小湖上，一艘威尼斯鳳尾形的遊船「貢多拉」慢慢駛過。船夫每划槳一次，小船就微微晃一下。在它那不是很高的船篷下，葉琳娜和英沙洛夫靜靜地坐在柔軟的皮墊上。

離開莫斯科以後，葉琳娜在容貌上並沒有多大改變，不過表情卻改變了，變得成熟且嚴厲，神情也變得更勇敢了。

她的美麗如春花般盛開，頭髮似乎更蓬鬆、更濃密了，披散在她嫩白的額邊和光滑的面頰旁。只是在唇邊，在她不高興的時候，會有一絲皺痕，表達著她心中的一種隱隱的、不會消散的憂慮。

英沙洛夫則恰恰相反，他的表情並沒多大變化，只有那面容變得完全不同了。他變得瘦削了、老了，也更加蒼白了。他佝僂著背，好像在不停地乾咳，深陷的雙眼閃爍著奇異的光芒。

離開俄國後，途經維也納時，他又病了近兩個月，直到三月底才和葉琳娜到達這裡。他們準備從這兒穿過薩拉，經塞爾維亞到保加利亞去，因爲其他的路都斷了。戰爭早就在多瑙河一帶打響了，英法兩國向俄國宣戰，所有斯拉夫國家的局勢也都瀕臨戰亂，起義一觸即發。

貢多拉在麗多湖的裏岸停下了，他們踏上了一條窄窄的鋪沙小路。沿路的小樹都已經枯死（每年都種，每年又都死掉），他們沿著麗多湖向大海走去。他們在海岸上散步。亞得里亞海在他們身邊翻湧起暗藍色的波浪。水波掀起的浪花，呼嘯著湧來又呼嘯著退去，在沙灘上留下一些小小的貝殼和海草的殘莖。

「這地方看起來真荒涼啊！」葉琳娜說：「我擔心這兒的氣候對你來說太冷了，但是我還是能猜到你上這兒來的理由啦！」

「太冷？」英沙洛夫反問她，臉上閃過一絲苦笑，「怕冷又怎麼算得上是一名好兵呢？我來告訴你我到這裡來的原因吧。因爲我望著這片大海的時候，我能感到祖國離我是如此近，她就在對岸，」他指了指東方，「風也是從那邊吹來的。」

「這風會把你等待的船隻帶來嗎？」葉琳娜說：「看，那一面白帆是不是你等待的船呢？」

英沙洛夫凝視著葉琳娜手指的遠方，那是一片海面。

「倫季奇答應我，一周後就可以幫我們安排好。」他說：「看來，我們是應該相信他的，知道嗎，葉琳娜，」他的精神突然煥發起來，接著說下去，「聽說貧苦的達爾瑪提亞漁民把他們漁網上的鉛墜子都捐出來了。你知道的，漁網就是靠這鉛墜的重量才能沉到海底，但是現在它被拿去製造槍彈了！他們是很窮的，只靠捕魚為生，但是他們卻心甘情願寧可餓肚子也要拿出自己僅有的財產，這是個多麼偉大的民族啊！」

突然，在他們身後傳來了一聲傲慢的呼喊聲，緊接著就是一陣緊湊而低沉的馬蹄嗒嗒聲，那是一個奧地利軍官從他們身邊疾馳而過。他穿一件緊身的灰色短上衣，戴了頂綠色軍帽，當時他們幾乎來不及閃開，英沙洛夫陰鬱地目送他遠去。

「這怪不得他，」葉琳娜輕輕說，「你明白的，他們這兒其他地方都不可以騎馬。」

「這怪不得他？」英沙洛夫覺得詫異，「但是他的喊叫，他那鬍子和綠帽子，他的那副樣子，都無法讓我冷靜。我們回去吧。」

「對的，德梅特里，這兒風太大，你在莫斯科生病以後，就是因為沒有注意保養，到維也納才又大病一場的，當前還是更加小心爲妙。」

英沙洛夫沒有多說，唇邊閃過一絲像剛才一樣無奈的訕笑。

「要繼續嗎？」葉琳娜說：「我們去玩一玩吧。我們到這兒以來，還沒好好兒看一看威尼斯呢！我有兩張包廂票，晚上我們一起去劇院吧，聽說有個新歌劇正在上演，你想去看嗎？我們就在這一天裡，把政治和戰亂都忘掉，把所有這一切都忘掉，只記著彼此，好不好？我們一起活著，一起呼吸，一起思想，我們永遠也不分開，好不好？」

「要是你願意，葉琳娜，我會陪著你的。」

「我就知道會這樣，」葉琳娜喜笑顏開，「那我們走吧！」

他們又回到貢多拉上坐下，船夫慢慢地划著船，沿著河流下去。只有真正見過四月的威尼斯的人，才能說他眼前這個城市擁有全部魔法都難以形容的魅力。春光的溫婉明媚與威尼斯交相輝映，恰如夏日的驕陽與雄偉的熱那亞相配，秋季的燦爛與偉大的古城羅馬相搭。

春日裡的威尼斯美得似乎能觸動人們的心弦，引發人們內心深處隱蔽的欲望，缺乏經驗的內心也因此困擾而憂傷，彷彿是近在咫尺，簡單而又神秘的幸福一樣。這裡的一切都是那麼的明朗清澈，然而又都是在一種由愛情的寂靜所瀰漫開的濛濛的薄霧的籠罩之下。這裡的一切都是那麼的純淨，並且都向你敞開著心胸。這裡的一切都是從一個女性的名稱開始的。

它不愧是「美城」，矗立著的雄偉壯觀的宮殿和教堂，美輪美奐，就像年輕神靈的美夢一般。靜靜的運河中，那灰綠色的浪花呈現出絲綢般的光滑和潤澤，貢多拉在一片深邃的寧靜中遊走，沒有了城市裡的熙熙攘攘聲、猛烈的碰撞與斷裂聲和喧嘩聲。

某種非凡的東西在其中滋生著，那是某種神秘而誘人的東西，威尼斯的居民也許這樣對你說過：「威尼斯正瀕臨死亡，威尼斯將更荒涼孤獨了。」可是，正是這種最後的魅力才最吸引人，這是一種當百花齊放的美景盡現時，突然呈現出的凋萎的魅力，是一種它以前不曾有過的魅力。沒有到過威尼斯的人是不會真正瞭解威尼斯的。

無論是卡納列托[44]，還是誇爾特[45]（暫不談那些當代的畫家），都無力表現出空氣中的柔美，那隨風飄散卻又近在眼前的遠處的美景，那流暢的線條與多樣色彩奇蹟般的和諧搭配。

那些青春不再、被生活折磨得身心俱疲的人，為什麼還要來威尼斯遊玩呢？它對

44. 卡納列托（一六九七—一七六八），義大利威尼斯風景畫家。
45. 誇爾特（一七一二—一七九三），卡納列托的學生。

他們難道不更是一種折磨，就如同對年少時夢幻泡影的再次追憶？但是對於另外一些人，那些精力旺盛、自我感覺良好的人，它仍將是美麗的。他願意帶著自己的幸福在威尼斯那迷人的天空下遊玩，不論他的幸福怎樣使他歡欣鼓舞，威尼斯仍將以其燦爛不朽的光輝讓它放射出熠熠金光。

英沙洛夫和葉琳娜乘坐的貢多拉緩緩從當年威尼斯共和國的元首宮和比亞賽塔旁邊駛過，然後就進入了大運河。岸邊是大理石修砌而成的宮殿，它們彷彿就靜靜地從一旁浮過一般，讓人應接不暇，真是美輪美奐啊！

葉琳娜的心裡感到了一種深深的令人窒息的幸福感，在她明媚的天空中只有過一小片陰雲，不過也已經消散了。

英沙洛夫這天的精神不錯，船一直划到里亞爾多橋險峻的拱門前才返航。葉琳娜生怕教堂裡的陰冷會對英沙洛夫的身體有所損傷，她想起了研究院，便告訴船夫向那邊划去。

他們在這座小型博物館的展廳裡匆匆而過，他們不是鑑賞家，也不是愛好者，所以也沒怎麼仔細欣賞圖畫，只是走馬觀花地看了一圈。

一種明快的愉悅之情忽然間降臨在他們的身上。他們頓時感到，一切都充滿了朝氣（孩子們最熟悉的一種情感）。對著匡托勒托[46]的聖瑪律科，他從畫中的空中一躍而下，好像青蛙一樣矯捷地跳進了水中，試圖去拯救一群受苦受難的奴隸。葉琳娜咯咯地笑了起來，笑得直流眼淚，三個英國觀光者在一旁大爲惱火，她也根本不予理會。英沙洛夫正欣賞著梯善[47]的那幅《升天圖》，畫中站著一個肩披綠斗篷向聖母瑪利亞伸出雙手的健壯男子，那脊背和小腿肚子令他欣喜若狂。可是，瑪利亞——那個平靜而莊嚴地飛升到天父懷抱去的美麗健碩的女人，卻給英沙洛夫和葉琳娜留下了最深刻的印象。

他們也十分欣賞琪馬・達・科涅里亞諾[48]老人的莊重虔誠的作品。從研究院出來，他們又回頭看了看在他們身後不遠處走著的那三個英國人，他們的牙齒跟兔子的一樣，絡腮鬍又讓人忍俊不禁，他們穿著船夫一樣的短上衣和短褲子，還有頭頂的一撮白頭髮……這些都讓他們抑制不住地大笑起來。到最後，他們不由得相互望了望，又哈哈大笑了幾聲。一坐進貢多拉中，兩人就緊緊地握住了對方的手。

46.匡托勒托（一五一二—一五九四），義大利畫家，《聖瑪律科的奇蹟》為其代表作。
47.梯善（一四七七—一五三六），義大利畫家。
48.琪馬・達・科涅里亞諾（一四五九—一五一七），威尼斯畫家。

回到旅店後，他們立刻衝進自己房間要求開飯。吃飯時依舊興致勃勃。他們相互敬酒，為莫斯科的朋友們的健康乾杯。他們對一碟美味的魚和服務員的服務態度大加讚賞，還不斷地向服務員要別的東西來吃，服務員聳聳肩頭，抬著腳走了出去。一離開便直搖頭，有一次甚至嘆一口氣說：「兩個窮光蛋！」

飯後他們就直接去了劇院。劇院裡正在上演威爾第[49]的歌劇，其實這是一部水準普通的作品，但是它卻紅遍了全歐洲的劇院，我們俄國人也很熟悉這個故事——《茶花女》。

威尼斯的音樂節已經結束了，現在表演的歌手都只是庸才，每個都只會聲嘶力竭地喊叫，一點也沒有新意。扮演薇奧麗塔的是一個沒什麼名氣的女演員，從觀眾對她的冷淡反應來看，她不是個很受喜歡的演員，不過她還是很有些才能的。這是一個相貌平平的年輕女孩，黑眼睛，嗓子不是很圓潤，甚至有些沙啞。

她穿著一件花裡胡哨到幾乎是幼稚的衣裳，並且衣服大小十分不適合她。她的頭髮用一隻紅色紗網罩著，胸前繃著褪色的藍緞連衣裙，手臂上還套了一副厚厚的瑞典式手套。她——某位別爾加摩[50]牧羊人的千金，上哪兒去研究巴黎的風情女子們的裝扮

49. 威爾第（一八一三—一九〇一），義大利歌劇作家。
50. 別爾加摩，義大利城市，龍巴地省的首府。

呢！舞臺上的她也是個演技有些拙劣的表演者，但是她的表演中有著罕見的真實和乾淨的單純。她唱歌的時候，像極了義大利人，韻律和表情簡直惟妙惟肖。

葉琳娜和英沙洛夫兩人肩並肩地坐在一個位於舞臺旁不起眼的包廂裡，他們仍然保持著在研究院裡的那種雀躍情緒，於是當那個墜入情網的可憐青年的父親，穿了一件灰黃色的燕尾服，假髮奇怪地向上豎著，還有一張歪嘴，微微有些怯了場，嗓子裡發出沉悶可笑的低顫音時，他們幾乎又都忍不住笑出聲來……但是薇奧麗塔的表演卻深深感染了他們。

「他們簡直就是故意的，讓這個可憐的女孩下不來台，」葉琳娜說：「跟那種自命不凡，總是矯揉造作、裝模作樣，妄想打動人心的二流名角相比，我更加喜歡她，她似乎還非常認真呢，你看呀，她根本就沒注意到觀眾啊。」

英沙洛夫倚在包廂的外欄上，認真看了看薇奧麗塔。

「是的，」他說道：「她非常認真地在表演，似乎是知道了自己死期將近呢。」

葉琳娜不說話了。

第三幕開始了。幕布漸漸升起，他們看見舞臺上的床榻和那低垂的窗幔，還有藥瓶和遮住的燈光，這一切讓葉琳娜禁不住顫了一下……眼前的一切讓她回想起從前的那些日子。

「可將來又會怎樣呢？眼前的又是什麼呢？」一個念頭在她腦中一閃即逝。

就在這時，好像是故意安排的一樣，那女演員原本要假裝發出的一聲咳嗽，竟然被英沙洛夫的一個沉悶而真實的咳嗽代替了。

葉琳娜悄悄地瞄了他一眼，又立即裝出一副若無其事的表情，英沙洛夫知道她的意思，於是自己笑了起來，還輕輕哼起了歌。

不一會兒，他又沉默了，薇奧麗塔表演得越來越精彩，臺詞也越發說得流暢了。她把所有次要的、不甚重要的東西都拋開了，從而找到了真正的自我，這對於一個藝術家來說，是一種非常罕見而至高的幸福！剎那間，她跨過了那條難以逾越的界限，而一旦跨越了這界限，也就到達了美之所在。

觀眾的精神也爲之一振。這個並不漂亮、嗓子還有些沙啞的女孩終於逐漸掌控了觀眾的情緒。此刻，她的嗓子也不再沙啞了，漸漸地高昂起來。「阿爾弗萊多」出場時，薇奧麗塔那一聲驚叫差一點在劇場中掀起一陣狂潮。跟這個相比，我們北國人的那些吼叫聲都只是小巫見大巫了……一瞬間觀眾又一次恢復了平靜。

劇中最精彩的一段唱腔就是二重唱了，作曲家傾注了所有的音樂才華，成功地表現了他對虛擲青春的沉痛與懊悔，也把一段絕望到已無力回天的愛情是如何在做最後的掙扎表現得淋漓盡致。

全場觀眾的共鳴與激勵深深感染了女孩，她眼中的淚花飽含著一種專屬於藝術家的喜悅與痛苦。她沉浸在這場由她自己營造的音樂的驚濤駭浪中，當死神以一種恐怖的陰影突如其來，步步向她逼近時，她發出了一聲響徹雲天的哀號，這時，全場爆發了近乎瘋狂的掌聲，雜亂的和群情激奮的呼喊幾乎要將劇院的屋頂掀翻。

葉琳娜激動得渾身顫抖，她摸索著找到英沙洛夫的手，牢牢握緊。他把她的小手緊緊抓住。可她並沒有看他，他也沒有看她，這次握手跟他們幾小時前在貢多拉中彼此靠近時的那一次握手的感覺有很大的區別。

他們重新沿河慢慢地踱回旅店去了。一個明朗而溫柔的夜降臨了。在他們面前浮現的仍是白日裡所見的一座座的宮殿，但卻似乎是變了模樣的，完全沒了似曾相識的感覺。其中幾座在月色的洗滌下閃出銀色的白光。在這片令人眩暈的白光中，那門窗、露臺的輪廓與裝飾的細節似乎都消失了，而就在那些被一層陰影所籠罩的建築上，它們又更加清晰地突現出來。

貢多拉上亮著小小的紅色的燈火，似乎也行駛得更快了，無聲無息。它們那鋼製的船背閃耀著神奇的光芒，木槳在渾濁的水流中像一條條神秘穿梭的銀色魚兒。貢多拉船夫們急促的呼聲此起彼伏（他們現在沒有唱歌），周圍似乎聽不見其他的聲音。

英沙洛夫和葉琳娜落腳的旅館就在這裡，船還沒划到它近前，他們就迫不及待地上了岸，又繞著聖瑪律科廣場逛了好幾圈。他們來到一座拱門下，看見一家小型的咖啡店門前聚集了許多遊玩的人。

與心上人手牽手，行走在這異邦城市和陌生人中間好像格外愉快。在情人眼裡，一切都是那麼美好，那麼含情脈脈，你會希望每個人都能擁有善良、安寧和充溢在周身的相同的幸福。

但是葉琳娜早已無法肆無忌憚地沉浸在自己的幸福感中了，她的心被剛才的一切震撼了，片刻也不得安寧。英沙洛夫經過元首宮的時候，默默地指給葉琳娜看那從低矮的門洞中露出一角來的奧地利大炮的炮口，他壓低了帽子，扣在了眉頭上。

這時，他感到自己非常疲倦。聖瑪律科教堂在月光的照耀下，青鉛色的教堂頂一點點磷光正閃了出來，他們最後朝這幾個大圓頂望了一眼，便緩緩地走回旅館去了。

他們住的那間小屋一直延伸到哲烏德卡的寬廣的瀕海湖對岸。聖喬治教堂的尖塔正對著他們下榻的旅店，它的右邊還屹立著嬌豔如新娘子一般的教堂——帕拉狄珂[51]教堂。

多迦納宮的金色圓頂在天空中高高地放出金光——左邊隱約可以看見一艘艘帆船

51. 帕拉狄珂（一五〇八—一五八〇），威尼斯建築家。

的桅杆和桁梁，還有遠處的幾根輪船的煙囪。一張拉到一半的風帆，掛在那裡像鳥的翅膀一樣，桅頂的三角旗則紋絲不動。

英沙洛夫在窗邊倚靠著，葉琳娜叮囑他不要一直欣賞風景。他突然發起熱來，感到極度虛弱。她扶他到了床上，等他睡著後，才又輕輕回到窗前。

啊，多麼寧靜而輕柔的夜色啊。星光閃爍的天空中處處瀰漫著溫情。所有苦痛，所有傷悲，都在這明朗的天空下，在這聖潔的月光中悄無聲息地陷入了睡眠！

「哦，我的上帝！」葉琳娜心想，「人爲什麼會死去，爲什麼總是有生離死別？這裡又爲什麼會這麼美麗，這是一種誘人的甜美，爲什麼我總堅定地相信，自己最終一定會得到一個安全的避難所，一種不變的愛呢？這恬美寧靜的大地都意味著什麼？難道這所有的一切都只存在於我們的心中。而在我們身邊的確只能有永恆的寒冷和痛苦嗎？難道我們真是孤單的、寂寞的嗎？可保加利亞，還有那些不可預測的無底深淵，這一切都與我們毫無關係嗎？那我們又爲什麼會有這種祈禱的欲望和歡快呢？」

她心中久久地迴盪著最後那句話，難道這一切就真的不能避免或挽回？啊，我的上帝！難道你就這麼吝嗇而不輕易賜予平凡的人們奇蹟嗎？

她用雙手托住下巴。「夠了？」她喃喃自語，「難道說這一切就已經足夠令人心滿意足了嗎？曾經我不止幸福過一分鐘、幾個小時，也不只是幾天——我曾經幸福過整整好幾個星期啊，但是，我竟然沒有權利去擁有它？」

她為現下的幸福感到恐懼。「但這難道是不該有的？」她不禁浮想聯翩，「難道這是不能平白無故就得到的？要知道這可是天意啊，我們這些可憐的罪人，呀，惡靈，快滾開！需要他延續生命的人不只是我一個啊！可要是這是一種懲罰呢，」她又想道，「要是現在我們一定要為我們曾經的罪孽付出代價呢？我的心在沉默，直到現在它還保持著沉默，可難道這就是不幸的證據嗎？啊，我的上帝！我們難道真的就這樣的罪孽深重嗎？就連你，這美麗的夜晚、浩瀚宇宙的主宰者，就因我們相愛了，便要問罪於我們？可要真是這樣，我和他都有罪。」

她禁不住有些激動，「那麼至少懇求你讓他，啊！不，我的上帝，就讓我們倆都正直而安靜地死去吧，死在他日思夜念的祖國的土地上，而不該是這裡，在這間偏僻陰冷的異鄉旅館裡。到那時，我可憐寂寞的母親又將會有多悲傷啊？」

她忽然也茫然了，不知該如何反駁自己先前的觀點。

她明白，每個人的幸福都必將建立在另一個人的不幸之上，甚至每個人的利益和方便都彷彿是一尊塑像一樣要求一個托座，要求分得別人的方便和利益。

「葉琳娜……倫季奇！」英沙洛夫喃喃說起了夢話。

葉琳娜踮著腳輕輕地走到他身邊，俯下身，為他把臉上的汗珠擦掉。他的頭在枕頭上翻來覆去，最後又靜下來了。

她又重新來到窗前，斷了的思緒重又回歸。她開始安慰起自己，竭力讓自己相信，根本沒必要也沒理由害怕。最後，她甚至有些爲自己的軟弱而感到羞愧。

「就一定會有不測嗎？他不是也好些了嗎？」她低聲自言自語，「要是我們今天沒有去看戲，我可能也不會有這些奇怪的念頭。」

就在這一刹那，她看見一隻白色的海鷗正在水面上翱翔，也許被漁夫驚擾了，牠靜靜地飛了起來，一會兒高一會兒低，正在找尋下一個落腳的地方。

「看，牠要是能飛到這兒，」葉琳娜暗自想道，「那就是個好兆頭。」

海鷗在原處徘徊著，忽然牠合攏了翅膀，像被一隻隱形的箭射中似的，只一聲哀啼，便落到了遠處一艘黑黑的大船後面。葉琳娜渾身開始顫抖，後來她又爲自己的顫抖感到窘迫，於是和衣躺到了英沙洛夫的身邊，這時他的呼吸沉重而略顯急促。

chapter 34

殤逝

英沙洛夫很晚才醒來，頭依舊昏沉沉的，他覺得正如他所估計，全身確實虛弱到了極致，不過他最後還是下了床。

「倫季奇有沒有來過？」他開口就問。

「還沒呢，」葉琳娜順手把最近一期雜誌遞給了他，其中有很多關於戰亂的報導，以及斯拉夫各國和其他各公國的戰況。英沙洛夫開始讀報，她又忙著爲他泡上咖啡。同時，敲門聲響起。

「是倫季奇！」他倆同時想道。

但敲門的人說的卻是俄語：「我可以進來嗎？」

葉琳娜和英沙洛夫驚愕地相互對望了一眼，可還沒來得及回答，就看見一位服裝考究、面容瘦削的人走了進來，兩個眼珠還不停地滴溜溜地轉。

來人紅光滿面，好像剛剛發了大財，或許就只是收到了一個令人高興的消息。

英沙洛夫立刻從椅子上站起身來。

「你可能已經不認識我了，」陌生人步伐懶散地向他走來，並殷勤地向葉琳娜鞠躬致意，「盧坡雅羅夫，你還記得我嗎，在莫斯科伊夫的家裡我們曾見過的？」

「是的，在伊夫家。」英沙洛夫回答。

「是呀，是！請為我先介紹一下你的妻子吧。這位夫人，我一向十分敬重德梅特里……（他立刻更正）尼卡諾，我非常榮幸，終於能夠有這份榮幸來認識你。你知道，」他忽然又轉向英沙洛夫，「我是昨晚才知道你住在這兒的，而我也正好在這家旅店住著。這是多麼美輪美奐的一座城市啊，威尼斯真是像詩一樣美呀，也只可能是一首詩，不會再是什麼別的了！

「不過，有一件事，實在太恐怖了，在路上走著走著，不一會兒就會看見幾個該死的奧地利人！真倒胃口！你聽說了嗎，多瑙河上發生了一場激烈的決戰啊，三百個土耳其軍官被當場消滅，西里斯特里亞終於被攻下了。如今塞爾維亞已經宣布獨立了，你這位忠實的愛國者，一定是欣喜若狂了吧？就連我身體裡的愛國血液也不住地沸騰！

「但是，我仍要奉勸你謹慎些，暗地裡應該不乏有人監視著你呢。這兒的間諜是很嚇人的！昨天就有一個莫名其妙的人來找過我，還問我是不是俄國人。我跟他說我是丹麥人，但是你，看樣子目前身體不太好吧，我最尊敬的尼卡諾・瓦西里耶維奇，你應該馬上去接受治療。親愛的夫人，你應該跟你先生一起去。

「昨天我發瘋一樣在宮殿、教堂間來來去去。你們肯定也到過元首宮吧？那裡可處處是黃金啊！特別是那座紀念大廳和馬里諾・法里葉諾[52]的那個空位，上面還刻著幾個字呢。我還去了那幾處有名的監牢，那地方真讓我的心情至今無法平靜。你可能也知道，我總是喜歡研究一些社會問題，也總喜歡站在貧苦大眾那邊——我真恨不得把所有的貴族追隨者都送進那裡——那些監牢裡。

「拜倫說得好，『I stood in Venice on the bridge of sighs』，可歸根結底他也是個貴族呢！我一向擁護進步，年輕的一代都是進步的啊。可英國人和法國人究竟會怎麼

52. 馬里諾・法里葉諾（一二七八—一三五五），威尼斯總督，因反對貴族被國王斬首，紀念大廳中不設他的塑像，只留空位，題詞云：「此係法里葉諾之位，因罪處斬。」

樣呢[53]？我倒想看看他們能幹出什麼好事來，布斯特拉巴[54]和巴麥爾斯頓[55]，你聽說了嗎，巴麥爾斯頓已經當首相了呢。

「不行，不管怎樣，得讓他們嘗嘗俄國人的拳頭的厲害。那個布斯特拉巴可真是個十足的惡棍！不信我借給你一本書——非常了不起！說得似乎有些誇張，但這更有力量，有震懾力。維亞柴姆斯基公爵就說過：『歐洲嘴裡反覆念叨著巴什卡克拉爾[56]，但眼睛卻總盯著錫諾普[57]。』我熱愛詩歌，所以我有一本普魯東的新書，他的作品我全都有。

「不知道你感覺怎樣，我個人非常喜歡戰爭。既然我無法回國，我就打算從這兒直接去佛羅倫斯，到羅馬那邊去。法國去不了，我就去西班牙——我聽說，那兒的女人非常漂亮，就是地方太窮了，蟲子也多。

「我本來是打算去加利福尼亞的，我們俄國人從不會瞻前顧後。可是我還對一個編輯承諾過，要詳盡地研究一下地中海的貿易情況。你一定會說，這個問題枯燥至

53. 英法聯軍於一八五四年三月對俄宣戰。
54. 當時歐洲對拿破崙三世的蔑稱。由布隆、斯特拉斯堡、巴黎三個城市名縮拼而成。
55. 巴麥爾斯頓（一七八四—一八七八），俄國詩人，普希金的朋友。
56. 一八五三年十一月十九日，俄國將領別布托夫在巴什卡克拉爾村大敗土耳其軍。
57. 一八五三年十一月三十日，俄國海軍中將納亞莫夫於土耳其的錫諾普海灣消滅了土耳其一支艦隊。

極，專業得過分，但現在我們正迫切需要專家啊，空談哲學的已經太多啦，目前需要的是實幹家！但是你身體這麼不好，尼卡諾，可能我已經讓你覺得疲倦啦，但是，我還得再逗留一會兒。」

接著，盧坡雅羅夫又這樣那樣地亂扯了很長一段時間，臨走時還留話說他今後會常來的。

英沙洛夫對這位不速之客的忽然造訪很不高興，覺得自己被這次談話搞得精疲力竭，所以又匆匆躺到了沙發上。

「你看到了嗎，」他無奈地望著葉琳娜，「這就是你們口裡的年輕一代！而另外那幾個呢，就只會裝腔作勢，滿腦子胡思亂想，骨子裡卻還是個自吹自擂的傢伙，就跟這位先生一樣。」

葉琳娜沒有反駁，此刻，她更擔心英沙洛夫的身體到底虛弱到什麼地步，而不是俄國新一代青年的狀態。

她在他身邊坐下，隨手做起了針線活。他微微合上眼睛，靜靜地躺著，蒼白的臉龐顯得十分瘦削。葉琳娜看著他那瘦骨嶙峋的側面，再看看他那攤開的雙臂，心頭忽然被一陣莫名的懼怕收得緊緊的。

「德梅特里。」她喚道。

他猛地一怔。

「怎麼了？倫季奇來了嗎？」

「還沒，但你有沒有覺得你在發熱，你身體真的不是很好——還是請個醫生來看一下吧？」

「你被那個吹牛的傢伙嚇住了！不用，我休息一下就好了。晚飯後，我們還可以出去隨便走走。」

兩個小時靜靜地過去了，英沙洛夫還躺在沙發上，但是他沒有睡著，即使眼睛是閉著的。葉琳娜一步也沒有離開，她把針線放在膝蓋上，靜靜地坐著，一動也不動。

「爲什麼不多睡一會兒？」她終於開口了。

「等一會兒，」他把她的一隻手抓起，枕在腦袋下面，「這樣很舒服呢。等倫季奇來了，你就立刻叫醒我！要是他說有船，我們就立刻出發……得提前把東西收好啊。」

「收拾東西花不了什麼時間。」

「那人瞎說了半天什麼打仗呀，塞爾維亞的，很可能那都是他自己編的。不過也是時候動身了，我們不能再耽擱時間了，得做好準備。」

說著說著，他終於睡著了，房中頓時變得寂靜無聲。葉琳娜把頭靠在扶手椅上，一動不動地盯著窗外。

天氣忽然壞起來了，還刮著風。空中快速飄過大塊大塊觸目驚心的雲彩，一根細長的桅杆在遠處乍隱乍現，迎風飄揚著一面畫有紅十字標誌的三角旗。

老鐘的鐘擺沉沉地敲著，時不時地發出一種像哀鳴一樣的嘶嘶聲。葉琳娜把眼睛閉上，她整晚都輾轉難眠，直到最後才漸漸睡了過去。

她做了一個很奇怪的夢。感覺自己好像正乘著一艘小船在察里津湖上遊玩，船上都是一些陌生人。他們都沒有說話，只是靜靜地坐著，也沒有人去划船，小船就這麼肆意漂著。

葉琳娜並不怎麼害怕，只是覺得很寂寞。她很想弄清楚，這是些什麼人，她又爲什麼會與他們坐在一條船上？於是她目不轉睛地看著，水面漸漸延伸開來，湖岸忽地消失了，視野裡不再是湖，而是呼嘯的大海，碧藍色的、悄無聲息的海浪從天邊滾來有力地撞擊著小船。接著，海面上忽然浮出一個轟轟作響的可怕的東西，船上那些陌生人又忽然跳起舞來，他們喊著，叫著，張牙舞爪。

葉琳娜突然認出了其中某些人的臉，其中一個就是她的父親。這時，一陣奇怪的白色旋風掀起了一層巨浪，一切都開始旋轉，變得混沌模糊。她看著四周，周圍又恢復到原先那樣，一片白茫茫。這是雪，是真的雪，是一望無際的雪地啊！

不知什麼時候，她已經離開了小船，這時，她正坐著一架雪橇車，從莫斯科出發。她並不是獨自一人，身邊還坐了一個小小的人，全身上下都被裹在一件老式的女人上衣裡。她定睛一看，這不就是卡嘉嘛，她昔日患難的朋友啊。葉琳娜開始害怕。

「她竟然還沒有死？」她心想。

「卡嘉，我們這是要到哪裡去呢？」

卡嘉沒有理會她，自顧自地往那件女上衣裡縮，她快凍死了。葉琳娜也覺得很冷，她順著路看去，透過雪光隱約看見了一座城市的剪影。遠處高高屹立著一座白色的塔，塔上是銀光閃爍的圓屋頂。

「卡嘉，卡嘉，這是莫斯科？不對，」葉琳娜心想，「這該是索洛維茨基修道院[58]。那兒有許多又小又窄的屋子，跟蜂窩一樣，又擠又悶，德梅特里現在就被關在裡面。我得去救他。」

忽然，一道灰白色的張開大口的深淵一下子出現在她眼前。雪橇車便滑了進去，卡嘉瘋狂地哈哈笑起來。

「葉琳娜，葉琳娜！」從深淵底部飄上來一個聲音。

58. 一四三六年白海索洛維茨基島上修建的著名的東正修道院。

「葉琳娜！」聽清楚了，這聲音在她耳邊清晰地迴響。她急忙把頭抬起來，轉過身子。她不由得吃了一驚。英沙洛夫的臉如她夢中的雪一樣慘白得可怕，他從沙發上半撐起身子，正用一雙碩大、空洞而可怖的眼睛注視著她。

他披散著的頭髮貼在額前，十分奇怪地大張著嘴。那張已經變形的臉上有著一種難以言說的恐怖神情，其中也夾雜著一種像是幽怨的激動。

「葉琳娜！」他高聲說：「我就快死啦！」

她驚呼一聲便軟軟地跪倒了，靠在他胸前。

「一切都結束了，」英沙洛夫又一次說：「我就快死了，再見了，親愛的你！再見了，偉大的祖國！」然後就仰面朝天倒在了沙發裡。

葉琳娜急忙奔出房間試圖尋求幫助，旅店的茶房也幫忙跑去請醫生。葉琳娜趴在英沙洛夫身旁焦急地看著他。

這時，一個人出現在門口。那人的肩膀很寬，皮膚黝黑，裹了一件厚厚的絨布大衣，頭上還戴著一頂壓得極低的漆布帽子。他驚慌地站在那兒。

「倫季奇！」葉琳娜高聲喊道：「真的是你！你快來看，上帝啊，他病得很嚴重喲！他是怎麼了？上帝啊，上帝！昨天他還跟我出去遊玩的，他剛剛甚至還在跟我說話……」

倫季奇什麼也沒說，只是靜靜地退到了一邊。

這時，一個戴著假髮和眼鏡的小個兒的人從他身旁匆匆閃了進來——那是一位正好住在這家旅店的醫生，他急步走到英沙洛夫身邊。

「森紐奧拉，」過了一會兒，他說：「可憐的朋友，英沙洛夫，他死於動脈瘤和肺病的併發症。」

chapter 35

革命前夜

次日，就在同一間屋子，倫季奇在窗前站著。葉琳娜在他面前毫無生氣地坐著，肩上胡亂搭著一條披肩，一具棺材放在隔壁的房間裡，裡面躺著已經停止呼吸的英沙洛夫。

葉琳娜的神情十分驚惶，臉色蒼白而憔悴。她的額頭與兩眉之間出現了兩條深深的皺紋，這給她原本呆滯的眼神又增加了一種緊張的情緒。

安娜的來信在桌上放著，已經拆開了。她信中懇求女兒回莫斯科去，哪怕一個月也好，她說她太孤獨了，甚至還說了幾句尼古拉的壞話，同時她也沒忘記問候英沙洛夫，問他身體的狀況，並懇請他允許葉琳娜回家一趟。

倫季奇是個達爾馬提亞人[59]，一位老練的水手，他跟英沙洛夫是在保加利亞相識的，英沙洛夫來威尼斯就是要找他。

他是一個莊重、豪爽、勇敢並且忠誠於斯拉夫民族事業的人，他看不慣土耳其人，痛恨奧地利人。

「你準備在威尼斯待多久？」葉琳娜用義大利語向他詢問，音調跟她的面容一樣蒼白無力。

「待一天，載一些貨物，同時也可以避免引起懷疑，然後立即離開薩拉。我想我是要讓同胞們失望了。他們很早就已經在等候他了，他們對他充滿了信心。」

「他們對他充滿了信心。」葉琳娜機械地說道。

「你準備什麼時候安葬他？」倫季奇又問。

葉琳娜想了一會兒才回答：「就明天。」

「明天呀，那我得留下，我要為他在墓地上撒一抔土，當然我也理應幫幫你才是，但是我想最好還是能讓他長眠在斯拉夫的土地上。」

葉琳娜呆呆地望著倫季奇說：「船長，讓我跟他一起走吧，把我們一起載到大海

59. 原南斯拉夫所屬的達爾馬提亞群島。

的彼岸去，不要留在這裡，好不好？」

「好，不過可能會有些麻煩。我們必須要先跟這裡該死的當局打些交道才行。要是我們能順利辦妥這一切，把他安葬完畢，我又怎麼把你再送回來呢？」

「你不需要再把我送回來了。」

「為什麼？你想一直留在那兒？」

「我已經有了屬於自己的身分，我希望你能帶上我們，帶上我。」

倫季奇撓撓後腦勺。

「那好！隨便你，這一切好像有些棘手。我去試試，你再在這兒等我兩個小時吧！」

他走之後，葉琳娜來到隔壁的房間，她靠著牆，呆呆地站了很長時間，彷彿化成了一塊頑石。忽然她跪在地上，卻久久地沒有辦法開口祈禱。

她不怨任何人，不怨天，不怨地，她不想質問上帝為什麼不原諒他、不同情他、不保佑他。就算他們是有罪的，可為什麼懲罰卻遠遠超過了罪孽的代價。

我們所有人，只要活著，就會有罪孽，沒有任何一個偉大的思想家或人類的恩人，可以因為他為這世界所帶來的好處，而奢望自己能獲得永生的權利。但是葉琳娜已經無法祈禱，她終於化作了一塊冰冷的石頭。

那天晚上，一隻巨大的木船從英沙洛夫夫婦留宿的旅店出發了。葉琳娜和倫季奇並排坐在船上，旁邊還停放著一隻蒙著黑布的長方形木匣。

航行了大約一個小時，他們慢慢地靠到一隻不大的雙桅海船旁邊，在港灣的入口處拋下了錨。葉琳娜和倫季奇登上了海船，船上的水手們把木匣抬了上去。半夜時風暴乍起，然而這船在凌晨時已駛過了麗多湖。

充滿狂風暴雨的一天，船猛烈搖晃令人恐懼，連「羅意達」公司那群經驗非常豐富的水手也都無奈地搖了搖頭，擔心會出事。

在威尼斯、的里雅斯特和達爾馬提亞這三座海岸之間的亞德里亞海是最危險的。

就在葉琳娜從威尼斯出發的第三個星期，莫斯科的安娜收到這樣一封信：

我敬愛的親人們，我就要跟你們永別了。從今以後，你們將再也見不到我了。昨天德梅特里過世了，對我而言，這意味著一切都結束了。今天我帶著他的遺體出發去薩拉。我要親手將他埋葬，至於今後我將何去何從，恕我無可奉告！

現在，除了德梅特里的故土，我還有別的目的地嗎？在那裡，起義一觸即發，他們在迎接戰爭，我準備去當一名女護士，去照顧那些病人和傷兵。我不知道我今後會遇到什麼，可是，德梅特里死了，我將從此生活在對他的懷念中，我會繼續忠於他為之奮鬥終生的事業。

我學會了保加利亞語和塞爾維亞語，也許吧，我可能受不了所有的這一切——但是那不是更好嗎？因為我已經陷入了一個無底的深淵，無法回頭，所以只好由著自己繼續往下滑，越走越遠。命運把我們聯結在一起是有一定的原因的。

誰能想到呢，或許，是因為我，他才會這樣的吧，現在該我被他帶走了。我一直妄想著可以尋找幸福——不過我最終還是找到了，也許，只是死亡。顯然，因為我身負著巨大的罪孽，但是死會把一切都遮蓋得好好的，讓一切都歸於平靜——難道不是嗎？

請原諒我給你們帶來的痛苦，這都不是我的本意，而回俄國又有什麼必要呢？我在俄國什麼都不能做。

請收下我最後一次的親吻和祝願，請不要怪我。

chapter 36

後記

就這樣過了差不多五年，在這期間沒有半點葉琳娜的音訊。送信、打聽，都沒有結果。尼古拉在戰爭結束後還親自到了威尼斯一次，也去了薩拉，卻都是無功而返。

他在威尼斯知道了前面讀者已經知道的那些事，而在薩拉，關於倫季奇以及他所租用的海船的消息，卻沒有人能說明白。

也有些傳聞說，幾年前，海上起了一場狂風暴雨，之後岸邊沖上來一口棺材，裡面裝了一具男屍。據另外一些比較可信的消息，這口棺材根本不是沖上海岸的，而是被特地卸下來的，是由一位從威尼斯來的外國太太親自埋葬在岸邊的。

也有人補充說，有人還在後來的黑塞哥維那的部隊裡見到過那位太太，那時正好有支部隊就在那裡駐紮。他們還詳細地把她全身的衣著描述了一番——全黑裝扮。

然而即使有了這些消息，葉琳娜還是像人間蒸發了一樣杳無音訊。沒人知道她是死是活，或是藏在了什麼地方，又或許已經結束了生命中那場小小的遊戲，把它所帶來的輕微的衝擊都消散了。難道死神出場的時候已經到了嗎？

有些事情往往就這樣發生，當一個人驀地從一場夢中醒轉，他會突然不禁惶恐地問自己：「我現在已經三十歲、四十歲、五十歲了麼？生命，它爲何流逝得這麼快啊？死亡怎麼忽然近在咫尺啊？」死神就像漁夫，他早早地把魚網進自己的網裡，卻讓牠依然待在水中。魚兒仍然可以戲水然後活著，但只要漁夫一開心，便隨時可以把牠從水裡提出來，了結牠的生命。

再看看我們故事裡的其他人吧。

安娜・瓦西里耶芙娜還活著，只是在遭受這場刻骨銘心的重創後，她一夜之間蒼老了，也不怎麼抱怨了，但哀愁卻明顯地寫滿了她之後的人生。尼古拉也已老態龍鍾，兩鬢斑白，他跟阿芙庫斯金娜也分了手，如今的他厭棄並詛咒所有外國的玩意兒。

他的女管家是一個年過三十的俄羅斯女人，樣子挺俊俏的，一身綢衫子成天不離身，始終戴著金戒指和金耳環。古爾內托夫斯基，一個器宇軒昂、精力充沛的黑髮男人，自然更加偏愛金髮女郎，所以他娶了卓婭。

她對他照顧周到，體貼入微，就算是在思考的時候也不再使用德語了。別爾謝涅夫在海德堡住著，他曾經爭取到官費出國留學，去過柏林、巴黎，他從不浪費一分一毫的時間，相信他一定會成爲一位成績卓越的大學教授的。

學術界已經漸漸注意到了他的兩篇論文：《論古德意志法中司法懲處的若干特徵》和《論文明問題中城市原則之意義》，只可惜這兩篇文章的語言都略顯晦澀，外國術語也用得太過頻繁。

舒賓在羅馬全神貫注於他自己所熱愛的藝術，他已被譽爲最出色、最具潛力的年輕雕塑家之一。苛刻的單純派[60]認爲，他對於古代藝術家的研究似乎還不到火候，於是稱他沒有「個性」，硬生生地把他歸到了法國學派。

他從英國人和美國人那裡收到了不少訂單，最近他的一尊酒神女祭司雕像又引起了極大的回響，一位聞名遐邇的富翁，俄國伯爵波波什金，本來打算花一千斯庫多[61]來買下它，但最後還是花了三千元購買了另一位雕塑家的雕像。不過有十個法國人一起買下了舒賓的一座描述一個「在春之神懷中爲愛殉情的鄉村女青年」的群像。舒

60. 一九一八年法國出現的一種繪畫派別，企圖把機器時代的規則引入藝術，簡單化地勾畫日常生活用品的線條輪廓。

61. 十六至十八世紀義大利金幣和銀幣。

賓偶爾也跟瓦蘇爾·伊凡諾維奇互通有無，這裡只有這位先生至今沒發生什麼變化。

「你還記得嗎，」前不久舒賓在信中對他說道：「那個晚上，當我們知道可憐的葉琳娜的婚約取消的時候，你對我說的，那天我就在你的床上坐著，我記得當時我問過你，我們之間會有單純的真正的人嗎？當時你對我說：『會有的。』呀！偉大的俄羅斯黑土裡蘊藏無窮的力量啊！但現在，我從這裡，一個『美麗的遠處』再問你一次：「唔，現在怎麼樣了，瓦蘇爾·伊凡諾維奇，真正的人真的會出現嗎？』」

瓦蘇爾·伊凡諾維奇忍不住又搖起了他的手指，那眼神令人捉摸不透。他目不轉睛地遙望著遠方，似乎正在思索。

經典新版世界名著：11

前夜【全新譯校】

作者：〔俄〕屠格涅夫
譯者：劉淑梅
發行人：陳曉林
出版所：風雲時代出版股份有限公司
地址：10576台北市民生東路五段178號7樓之3
電話：(02) 2756-0949
傳真：(02) 2765-3799
執行主編：朱墨菲
美術設計：吳宗潔
行銷企劃：林安莉
業務總監：張瑋鳳

初版日期：2019年9月
版權授權：鄭紅峰
ISBN：978-986-352-727-5

風雲書網：http://www.eastbooks.com.tw
官方部落格：http://eastbooks.pixnet.net/blog
Facebook：http://www.facebook.com/h7560949
E-mail：h7560949@ms15.hinet.net
劃撥帳號：12043291
戶名：風雲時代出版股份有限公司

風雲發行所：33373桃園市龜山區公西村2鄰復興街304巷96號
電話：(03) 318-1378
傳真：(03) 318-1378
法律顧問：永然法律事務所 李永然律師
北辰著作權事務所 蕭雄淋律師

行政院新聞局局版台業字第3595號 營利事業統一編號22759935

定價：240元

國家圖書館出版品預行編目資料

前夜 / 屠格涅夫著. -- 初版. -- 臺北市：風雲時代, 2019.08 面； 公分

ISBN 978-986-352-727-5 (平裝)

880.57 108010448